MÉMÉ GOES TO HOLLYWOOD

DU MÊME AUTEUR

La vieille qui voulait tuer le bon Dieu, Belfond, 2013 ; Pocket, 2014
Les Enquêtes du commissaire Léon 7 et 8 (*Les Bonbons de Bruxelles, Les Jouets du diable*), Belfond, 2013
Les Enquêtes du commissaire Léon 5 et 6 (*Clair de lune à Montmartre, Le Fantôme de Fellini*), Belfond, 2012
Les Enquêtes du commissaire Léon 3 et 4 (*Il neige en enfer, le Silence des canaux*), Belfond, 2012
Les Enquêtes du commissaire Léon 1 et 2 (*Madame Édouard, La Nuit des coquelicots*), Belfond, 2012
La Petite Fêlée aux allumettes, Belfond, 2012 ; Pocket, 2013
Les Vacances d'un serial killer, Belfond, 2011 ; Pocket, 2012
Le Bal du diable, La Musardine, 2010
J'aime pas les bisous, Mijade, 2010
Coco givrée, Belfond, 2010 (prix de la Ville de Limoges)
Tequila frappée, Belfond, 2009
Les Fleurs brûlées, Mijade, 2009 (prix jeunesse de Lecture publique de la communauté française)
Le Bar crade de Kaskouille, La Branche, 2009
Contes cruels, Éditions Blanche, 2008
Nickel Blues, Belfond, 2008 ; Pocket, 2013 (prix littéraire des Lycéens et Apprentis de Bourgogne)
Contes pour petites filles criminelles, Tabou Éditions, 2008
Babylone Dream, Belfond, 2007 (prix Polar 2007, *Salon Polar & Co.* de Cognac)
Contes pour petites filles perverses, La Musardine, 2005
Monsieur Émile, « Série noire », Gallimard, 2002
Une petite douceur meurtrière, « Série noire », Gallimard, 1995

Vous pouvez consulter le site de l'auteur à l'adresse suivante :
www.nadinemonfils.com

NADINE MONFILS

MÉMÉ GOES TO HOLLYWOOD

roman

belfond

Belfond | un département **place des éditeurs**

place
des
éditeurs

À l'actrice que j'adore et qui m'éclate
à l'écran comme dans la vie.
À ma pote Dominique Lavanant,
membre de l'Académie
du whisky (quand même !).

Si tes résultats ne sont pas à la hauteur
de tes espérances, dis-toi que
le grand chêne a aussi été un gland.

Proverbe écolo

Même les culs-de-jatte donnent des coups de genou.

BOOBA

When you want to go to it
Relax don't do it

FRANKIE GOES TO HOLLYWOOD

1

5, 4, 3, 2, 1… 0 ! À vous !

Ce soir-là, l'animateur Jacques Pradouille ne savait pas du tout ce qui l'attendait. Pourtant il en avait déjà vu, des vertes et des pas mûres, mais ce coup-ci c'était carrément une pomme pourrie qui venait de tomber sur le plateau de son émission *Adoptez-moi* : Mémé Cornemuse en personne, qui pour l'occasion avait fait ses crolles[1], endossé un paletot piqué au vestiaire d'un resto d'où elle s'était cassée sans payer, et chaussé des baskets fluo pour faire tendance. Avec ça, elle s'accrochait à sa sacoche imitation croco dans laquelle elle avait caché un flingue au cas où…

L'émission de Pradouille consistait à inviter une personne seule, désireuse de se faire adopter dans une famille.

Après son blabla racoleur, « c'est la big night sous les sunlights », l'animateur avait annoncé la séquence habituelle où l'invité adopté la semaine passée était filmé dans sa nouvelle famille qui, bien sûr, donnait ses premières impressions.

1. Boucles, en bruxellois.

Séquence émotion – Thérèse Van Piperzeel roucoulait sous les lampions de sa cuisine kitsch, ne tarissant pas d'éloges à l'égard de sa nouvelle acquisition : Roger, un grand gaillard au pif butiné par des abeilles suceuses de pinard, mais qui en avait dans le jogging. Elle en parlait comme d'un appareil ménager, le top du robot Moulinex qui sert à tout.

— Je suis absolument rââvie ! Mon mari n'a jamais le temps de m'emmener faire du shopping, surtout parce que ça l'embête... et en plus il me laisse tout le boulot du ménage sur le dos. Depuis qu'on a Roger, ma vie a changé ! Il fait tout : la vaisselle, le repassage, le nettoyage... et il me conduit dans les boutiques sans jamais rouspéter. Un rêve ! Merci, Roger, et merci, Télé Pandore. Même que l'autre jour, il m'a fait le coup de la panne, hi ! hi !

— Et vous, monsieur Roger, êtes-vous content de votre nouvelle famille d'accueil ?

— Ouais, pas mal. La Thérèse l'est pas farouche et y a du pinard à la cave. Ça me va.

— Génial ! s'exclama le présentateur. Grâce à *Adoptez-moi*, nous avons fait des gens heureux.

— Des cocus, oué, lâcha Mémé Cornemuse sur le plateau.

Heureusement, elle était assise sur son micro, qui lui faisait l'effet d'une grosse hémorroïde, et personne n'avait entendu. La réputation de l'émission était sauve, ouf !

Retour sur le plateau. Jacques Pradouille, tout émoustillé par son génie, se rua sur sa nouvelle venue, sourire Fernandel et chevelure vernie.

— Ce soir nous accueillons une gentille vieille dame, Mémé Cornemuse !

Dans les coulisses, un plouc brandit une pancarte

« Applaudissez » en direction du public, trié sur le volet, avec les plus moches à l'arrière.

— Vous vous appelez comme ça parce que vous aimez l'Écosse ?

— Non. J'aime bien les Écossais surtout.

— Ah ! Ah ! Quelle verdeur pour votre âge !

— Dis, gamin, d'abord je ne suis pas vieille, et j'ai l'âge de te mettre la main au…

— Ah, nous avons déjà un appel du standard ! Quelqu'un semble intéressé, nous écoutons votre question, madame…

— Non, c'est monsieur, fit la voix caverneuse. Je voudrais savoir si Mme Cornemuse fait le ménage.

— Non, j'suis allergique à la poussière, grogna la vieille.

— Ah ! Et vous faites quoi alors ?

— Rien.

— Bon, ben je ne vois pas l'intérêt de vous adopter dans ce cas ! C'est une arnaque !

— Qu'est-ce qu'y dit, l'autre truffe, là ? Je suis une sacrée affaire, oui ! Je fais des pipes comme personne et…

— S'il vous plaît, chère madame, s'égosilla le présentateur qui avait failli en avaler son micro, nous sommes à l'antenne à une heure où les enfants regardent et je vous prie de modérer votre langage, sinon je me verrai obligé de vous demander de vous en aller. Nous ne pouvons tolérer la vulgarité !

— Ben justement, ça leur fera du bien à ces gosses de bobos qui pètent dans des culottes Petit Bateau. La vraie vulgarité, c'est pas de causer comme un marchand de loques, mais de débiter des âneries en étant contre le mariage pour tous. Si les homos et les travelos ont envie de se marier, foutez-leur la paix, c'est leur droit. Et s'ils veulent adopter des mômes, ces gamins seront bien mieux là que dans un orphelinat. Comme si être hétéro était un label de garantie du bonheur et de bonne éducation ! Té, regarde-moi, petit, mes parents n'ont jamais divorcé et ils m'ont élevée le cul dans le bénitier. T'as vu le résultat ? Si j'avais été la fille de Michou, j'aurais été plus classe.

Grand silence dans le studio. Soudain, les invités se levèrent et se mirent à applaudir à toute berzingue. C'était la gloire ! Le standard fut submergé d'appels. En une soirée, Mémé Cornemuse était devenue une star !

Les questions fusaient de partout, jusqu'à un auditeur qui lui proposa même le mariage !

Ce à quoi elle répondit sans ambages que c'est pas parce qu'elle défendait la cause des homos qu'elle était pour le mariage.

— Le mariage, c'est comme les banques, une belle arnaque ! Au début, tout feu tout flamme… Le sexe, ça dure un an quand tu tombes sur une bête, après au mieux c'est *L'Été en pente douce* et au pire *L'Été meurtrier*. Puis tu te retrouves à 40 balais, au pieu, avec ton meilleur ami, c'est-à-dire ton index droit. Et si tu le coinces dans une porte et que t'es gauchère, *Bonjour tristesse* ! Donc, faut prendre des amants, plusieurs de préférence, pasque c'est comme les pneus, vaut mieux en avoir de rechange.

Avec de tels propos, la vieille fit péter l'audimat et elle en profita pour mettre ses exigences sur le tapis : il lui fallait une famille pleine aux as, tant qu'à faire, et avec en prime une camionnette, parce que, précisa-t-elle, « j'ai toujours rêvé d'en conduire une ».

Son but était bien sûr de se casser avec du blé pour aller à Hollywood, paradis suprême, puisque son idole,

Jean-Claude Van Damme, y tournait un film. Évidemment, elle n'allait pas claironner ça à l'antenne…

C'est à Néchin, patrie d'accueil de Gégé Depardiou, que Mémé Cornemuse trouva donc la famille de ses rêves. Laquelle ne savait pas encore que l'arrivée de la vieille allait transformer leur paisible existence en cauchemar !

2

Jules-Édouard et Marie-Céline Saupiquet savouraient côte à côte la douceur du soir, dans leur lit breton, patiné en gris perle pour faire tendance. Leur villa pompeusement surnommée « L'Abri Côtier », style faux colonial, entourée de gazon anglais, était décorée design comme dans *Marie-Claire maison* avec, en prime, les conseils très coûteux d'une décoratrice d'intérieur. Prétentieux et sans aucune personnalité. Mais madame avait hérité de quelques toiles de son grand-père, collectionneur avisé qui avait eu le nez d'acheter plusieurs Utrillo et autres à une époque où ça ne valait pas grand-chose. Il passait pour le farfelu de la famille, limite zinzin, mais à sa mort, tout le monde pleurait sur sa tombe, histoire de le remercier d'avoir laissé un pactole avec ce qu'ils avaient tous pris pour des croûtes. Marie-Céline en avait gardé un pour faire étalage de sa fortune en le mettant au mur de son living, d'autant que grâce au métier de son mari, directeur d'une grosse usine de bagnoles, le couple recevait beaucoup de monde. Ici on mangeait bio, même si monsieur contribuait à la pollution de la planète. Balancer ses sacs-poubelle dans le jardinet du voisin n'empêche pas d'avoir sa pelouse bien tondue. Les Saupiquet, sorte de Brangelina de la résidence, avaient choisi d'adopter la vieille parce que leur progéniture, Clémence et Arthur, respectivement 8 et 5 ans, habillés chez Bonpoint, des graines de petits faux culs, péteux comme des gardons, n'avaient pas connu leurs grand-mères, pauv' p'tits bouts de chou. Les parents de papa étaient décédés. Leur caravane avait explosé dans un camping suite à une bouteille de gaz défectueuse. C'est là que leur fils avait décidé de faire fortune et s'était accroché aux études pour ne pas devoir passer ses vacances chez les beaufs. Hôtel de luxe au bord d'une piscine, tout à portée de main, au bout du monde, mais tu n'as pas besoin de sortir de ton petit paradis puisque t'as tout sur place. Le « clé sur porte » des holidays pour les cons. Quant à la mère de madame, elle avait fait une chute de tabouret en voulant écraser une guêpe. Bien fait !

Ayant l'envie très louable d'offrir une granny à leurs marmots, ils avaient craqué sur la popularité soudaine de Mémé Cornemuse qui grâce à son franc-parler avait fait exploser l'audimat.

— Tu te rends compte, Jules-Édouard, on va accueillir une star à la maison ! Nos amis vont en baver de jalousie.

— Oui ! Mais j'espère qu'elle ne parlera pas comme ça devant nos enfants.

— Mais noon ! Je suis certaine qu'elle a fait ça pour attirer l'attention des médias et se faire adopter. On sent une grande souffrance et une terrible solitude chez cette personne âgée. J'ai perçu une grande douceur dans son regard…

— Que Dieu t'entende !

— Fais-moi confiance.

Grave erreur ! Quand une femme te dit ça, fous le camp !

De toute façon, Jules-Édouard était rarement à la maison et lâchait les cordons de la bourse à son épouse qui ne se privait pas de faire sucer sa carte de banque dans la *machina infernale* pour lui pomper un max de pognon, à défaut de lui pomper autre chose. Car depuis la naissance des enfants, Marie-Céline Saupiquet avait perdu sa libido, qu'elle avait en vain tenté de retrouver grâce aux *50 nuances de Grey*, cette guimauve pour ménagères en mal de frissons. Elle n'avait pas osé Sade, dommage !

3

C'est en grande pompe que Mémé Cornemuse fit son entrée chez les Saupiquet qui, la veille, avaient eu la visite du génial Daniel Senesael, le maire inénarrable de Néchin, déguisé en Castafiore pour la circonstance, et qui leur proposa de mobiliser la fanfare du patelin. Fallait fêter ça, d'autant que la télé serait là pour filmer le débarquement de la star des strings molletonnés. Gégé avait de la concurrence. Bientôt un musée Mémé Cornemuse ? La vieille avait bénéficié d'un relooking pour l'occasion. Tendance cougar pour les fringues : la direction de Télé Pandore lui avait prêté un trench Vivienne Westwood Anglomania dans sa version preppy, twisté façon *Demoiselles de Rochefort*, avec une jupe vintage oversize pour cacher son bide. Cornemuse avait également eu droit à une séance de maquillage, avec eye-liner arty, faux cils flashy et sourcils redessinés strong. La totale ! La famille Saupiquet s'était mise sur son trente et un, surtout madame qui pavanait dans son tailleur caca d'oie, dont elle avait lu que ce serait la grande mode cet été. On était en hiver. Elle aimait prendre de l'avance. Raie sur le côté, les deux mouflets arboraient un sourire de premier de classe. L'arrivée d'une mémé à la casbah leur avait été annoncée avec beaucoup d'enthousiasme par leurs parents qui en avaient fait une icône, brodant sur l'imagerie idyllique de la mamie confitures qui tricote au coin du feu et leur raconte des histoires le soir. Du coup, ils trépignaient d'impatience, s'imaginant voir débarquer Mary Poppins en personne. Ils furent quelque peu déçus de découvrir la tronche de cake de Mémé Cornemuse, ratatinée comme une croûte de vieux camembert, le pif qui ressemblait à une plantation de radis malgré la couche de fond de teint et des panards du genre péniche, plutôt Freycinet que pédalo.

Voyant l'air dépité de sa progéniture, Marie-Céline Saupiquet leur glissa à l'oreille qu'il fallait faire « Cheese » pour la caméra.

— M'man, grincha Clémence, elle est moche, la mémé !

— Faut pas se fier aux apparences, répliqua la mère. Si vous souriez, je vous donne vingt euros.

— À chacun alors !

Marché conclu, l'incident fut clos et les gniards tentèrent de faire bonne figure pour le pognon.

Les trois musicos de Saint-Nicolas y allèrent de leur mélodie du bonheur, version jazzy, et Mémé Cornemuse fit son entrée sous les feux de la rampe.

Avant de franchir le seuil de la maison, elle ouvrit son sac Gucci, tendance trendy (cadeau de la prod), et en sortit un flingue, décrétant qu'elle ne rendrait pas le paletot à la Westwood :

— Il met ma silhouette de rêve en valeur. Le premier qui m'approche, je lui envoie mon chargeur dans la tronche.

Les badauds se mirent à rire, persuadés que c'était un gag et que le revolver était en plastique. Mais quand la vieille tira un coup en l'air, histoire de leur montrer à tous qu'elle ne plaisantait pas, la foule alla se cacher dans les fourrés tandis que le cameraman continuait à filmer, trop content d'avoir enfin un peu d'adrénaline. En un clin d'œil, il était passé de *Joséphine ange gardien* à *Mon voisin le tueur* avec la vieille dans le rôle de Bruce Willis.

4

Le premier jour fut peinard. On était dimanche et la famille Saupiquet avait insisté pour aider la vieille à installer ses p'tites affaires. Mais elle avait décrété qu'elle ne voulait personne dans ses pattes et les avait tous envoyés faire un tour au parc avec la bénédiction du Seigneur. Cornemuse était venue avec un caddie rempli de merdouilles. Première chose, elle vira tous les objets sur les meubles et aux murs de sa chambre à coucher. À commencer par une statuette égyptienne, une amphore chinoise et un vase de Gallé dont elle n'aimait pas la couleur. À la place, elle disposa une boule en plastique qui faisait tomber de la neige sur le Moulin-Rouge de Montmartre quand on la secouait. À côté, bien en évidence, une vieille pantoufle à pompons ayant soi-disant appartenu à Annie Cordy, et sur sa table de chevet, un mouchoir en papier (sous globe) avec lequel Jean-Claude Van Damme, son autre idole, se serait mouché. Cadeau d'un touriste flamand qui avait suivi Jean-Claude à Knokke-le-Zoute, alors que la vedette se rendait chez ses parents… En échange d'un menu service – Mémé Cornemuse avait débarrassé le flamouch d'une encombrante maîtresse –, il lui avait offert cette merveille. Un petit tour dans une barque de pêcheurs à Zeebrugge et hop dans l'eau, ni vu ni connu. Faut bien nourrir les poissons.

Virées, les roses de Redouté qui ornaient les murs ! Les cadres avaient été remplacés par JCVD montrant ses biceps. La vieille n'aimait pas les fleurs.

Elle descendit chercher un grand sac-poubelle et y entassa toutes les babioles de la famille Saupiquet. Puis elle jeta le sac par la fenêtre. Un bruit de casse retentit dans le jardin du voisin. Elle s'était prise pour Thierry la Fronde et l'avait lancé un peu trop fort. L'autre hargneux était sorti comme une furie et avait été sonner chez les Saupiquet. C'est Mémé Cornemuse qui lui avait ouvert. Surprise !

Il n'eut pas le temps de débiter son laïus qu'il fut happé à l'intérieur par la vieille qui l'avait harponné avec la ceinture de sa robe imitation panthère, achetée sur le marché de Charleroi. Et couic ! En moins de temps qu'il ne faut pour déboucher une bouteille de pinard, il se retrouva étalé sur le carrelage, la langue pendante.

— J'ai pas le temps d'écouter des conneries, décréta la vieille. Faut pas venir m'emmerder.

Elle le traîna jusqu'à l'entrée de la cave et le balança par-dessus l'escalier. Au cas où il lui serait resté un souffle de vie, valait mieux prendre ses précautions. Cornemuse était scrupuleuse. Elle n'aimait pas le travail bâclé.

Puis elle descendit dans l'antre du diable et planqua le cadavre sous une bâche. Visiblement, les Saupiquet ne venaient pas souvent dans ce lieu qui leur servait de débarras. Estimant cependant qu'on n'est jamais trop prudent, Mémé Cornemuse remonta les escaliers, ferma la porte à clef et balança la clef dans les chiottes. Pépère allait pouvoir reposer en paix.

Ensuite, elle alla explorer la chambre des enfants. Vit qu'ils avaient une télé. Pas bon ça pour les mômes ! Quelle éducation de merde ! Elle entreprit aussitôt de la transporter dans sa chambre, contribuant ainsi à sauver les chérubins des affres du monde moderne. Et c'est le cœur léger qu'elle s'installa sur son lit, les panards sur le couvre-lit en satin, devant *Top chef*. Elle n'en avait rien à secouer des recettes de cuisine, mais elle trouvait le cuistot appétissant.

Quand les Saupiquet rentrèrent chez eux et que les gniards grimpèrent dans leur chambre, ce fut le drame !

— Oùkèlè notre télé !

Au bruit assourdissant – la vieille avait mis le son à fond les manettes à cause des cris de l'infernale marmaille –, ils se dirigèrent tous vers la chambre de la coupable.

Mémé Cornemuse entrouvrit la porte et passa sa tête.

— Bonswâr !

— C'est vous qui avez pris la télé des enfants ? demanda la mère.

— Ouais. C'est pas bon pour eux. Ça grille les neurones et puis ça donne des mauvaises idées.

— Ça, je suis bien d'accord avec vous, approuva le paternel. Depuis le temps que je me bats pour faire comprendre ça à ma femme…

— Ben là, vous avez trouvé une alliée.

— Papa, on veut notre télé ! grincha la gamine.

— Écoutez, fit Marie-Céline Saupiquet en s'adressant au nouveau membre de sa famille, gardez-la ce soir et demain, on ira leur en acheter une autre.

— Quoi ? éructa son mari. Mais t'es conne, ma parole ! C'était l'occasion ou jamais de tenir bon !

— C'est pas toi qui les élèves, tu n'es jamais là. Et

s'ils n'ont pas leur télé, ils vont être infernaux, décréta la mère.

— Décidément, je n'ai rien à dire dans cette baraque.

— Non, fit la vieille, comme pour appuyer là où ça fait mal.

— Puis, continua Marie-Céline, si c'est bon pour mémé, je ne vois pas pourquoi ça ne le serait pas pour les enfants.

— Parce que moi, je gère, lâcha la vieille.

Sur ce, elle referma la porte en gueulant un bonsoir qui en disait long sur son envie qu'on lui fiche la paix.

Et elle laissa le son à fond la caisse, décrétant que, comme ça, tout le monde pouvait en profiter. L'était pas égoïste, elle !

5

La sacro-sainte télé des deux petzouilles ne fut pas livrée tout de suite. Pour les faire patienter, Marie-Céline redoubla d'inventivité, fit péter la carte gold de son mari, et inonda sa marmaille de cadeaux afin qu'ils lui fichent la paix, seule chose dont elle rêvait depuis ses accouchements. C'est donc déguisée en princesse que la gamine alla pavaner sous le nez de la vieille. Couronne en faux strass et baguette magique, avec la robe en satin rose chamallow, l'échappée d'Euro Disney ne se sentait plus. L'atterrissage fut douloureux.

— C'est quoi, cette tenue de plouc ? fit la vieille.

— Mais t'es miro ? Tu vois pas que je suis Cendrillon ?

— Ah, cette pétasse ! T'as pas honte de te balader déguisée en bonbonnière ? Tu sais qui c'était, Cendrillon ?

— Oui, elle était pauvre puis elle a rencontré le Prince charmant, ils se marièrent et eurent beaucoup d'enfants.

— Ah ! L'arnaque ! Je traduis : c'était une souillon qui passait son temps à prendre les poussières, chose complètement inutile, puisque ça revient toujours. Y a des meufs qu'ont rien d'autre à foutre, j'te jure ! Pi un jour, elle est tombée sur un plouc qui lui a rendu sa godasse et elle s'est cassée avec. Il avait un château. Ça déjà, elle aurait dû se méfier ! Qui dit château dit gros travaux d'entretien, tout le pognon y passe ou alors il devient une ruine et de toute façon, tu te les gèles là-dedans. En plus de ça, les princes charmants, ça n'existe pas. Sauf Jean-Claude.

— C'est qui ?

— Ben JCVD ! Tu connais pas ?

— Non…

— Ma pauv'fille, qu'est-ce qu'on t'apprend à l'école ?

— Les maths, la géo…

— C'est bien ce que je disais : que des trucs qui ne te serviront jamais à rien. Maintenant tu as des calculettes et Google Maps. Je disais donc que les princes charmants, tout ça, c'est des couilles. Tous les mêmes ! Au début ça roucoule et ça te fait des sourires et des cadeaux, et après, une fois qu'ils ont mis leur chicon[1] dans ton jardinet, pfouit ! Ils redeviennent des gros beaufs qui rotent et qui pètent. Et toi, t'es coincée à la casbah avec tes mouflets qui te pourrissent la vie et deviennent des sujets de dispute avec ton crétin de mari qu'est bien sûr jamais d'accord sur ta manière de les éduquer. Toute façon, quoi que tu fasses, tu fais de travers. Alors si un jour tu vois un mirage qui te fait penser à un prince, change de trottoir, va au sex-shop et achète-toi un gode. T'auras moins d'emmerdes.

— C'est quoi, un gode ?

— Saperlipopette ! On ne t'apprend vraiment rien à l'école ! C'est un sauveur de l'humanité. Voilà.

— T'as pas d'enfants, toi, granny ?

— Comment tu m'as appelée, là ?

1. Endive.

— C'est maman qui nous a dit de t'appeler comme ça. C'est anglais.

— Est-ce que j'ai une gueule de muesli, moi ?

— Euh...

— Appelle-moi Cornemuse et basta. C'est quoi ces manières ?

— Pourquoi tu t'appelles comme ça ?

— Parce que j'aime les Écossais. Ils ne portent pas de culotte. Et si un jour t'en rencontres un, retiens bien ça : « Il faut toujours souffler dans le cul d'un Écossais, ça évite un ouragan. »

Tandis que la gamine essayait de comprendre le sens de cette pensée qui avait l'air profonde, Mémé Cornemuse alluma un cigare piqué dans la boîte de Jules-Édouard Saupiquet.

— Tu m'as pas dit si t'avais des enfants...

— M'en souviens pas. J'les ai noyés à la naissance, mais paraît qu'y en a qui savent nager. La nature est mal faite.

— Tu ne connais pas de chansons pour les petits alors ? Parce que ma maman elle me chante souvent « Un jour mon prince viendra ».

— Ça, c'est une chanson pour pétasses. J'en connais une bien mieux.

Et d'une voix de fumeuse, bien râpeuse, elle entonna :

Un dimanche matin
Avec ma putain
Sur ma mobylette
Je lui mets la main
Entre ses deux seins
Direction quéquette.
Vous ne verrez plus

Les poils de mon cul
J'en ai fait des brosses
À cent francs le kilo
C'est du bon boulot
Pour nourrir mes gosses…

— Ah oui, j'aime bien, fit la gamine. Tu me l'apprendras ? Comme ça je pourrai la chanter à mon anniversaire.

— Sûr ! Ta mère va adorer. Bon allez, va m'enlever cette tenue débile.

La gamine se cassa, dépitée. Sa baguette magique n'avait désormais plus aucun pouvoir. Et elle plus aucune illusion. Mais la vieille venait de la sauver des griffes d'une vie qui allait ressembler à celle de sa mère. Inutile et sans relief. Du champagne sans bulles.

Chez Cornemuse, le bouchon pétait sous les lampions, à chaque occasion !

6

Le week-end suivant, pour fêter l'arrivée de « mémé Confitures » comme l'appelait le gamin, les Saupiquet organisèrent une petite fête. Et ils invitèrent même le voisin grincheux d'à côté, qui ne répondit pas. On conclut qu'il était sûrement parti en vacances et de toute façon, il ne manquerait à personne. L'était pas très populaire dans le quartier. Les huiles étaient là et ça papotait bon train en sirotant des Campari, ma chère, quel bonheur d'avoir une vieille dame chez soi, vous allez pouvoir un peu souffler avec les enfants. À qui le dites-vous !

— Et puis, c'est une bonne action.

— En plus, c'est une star de la télé !

— Est-ce qu'elle brode ? Est-ce qu'elle fait des cakes ?

Penchée du haut de sa fenêtre, Cornemuse les écoutait en leur balançant ses crottes de nez. Ils ne méritaient pas mieux, ces échappés du Club Med.

Ils allaient voir ce qu'ils allaient voir…

Elle se sapa de sa plus belle tenue, un Baby Doll piqué à une vieille pute de la place Pigalle, qui l'avait hébergée à l'époque où elle traînait dans la rue et vivait du fric qu'elle chouravait aux mendiants. La belle vie ! Là-dessus, un gilet saumon, pour contribuer à la lutte contre l'extermination de ces bestioles à cause des sushis. Parce que mine de rien, la vieille avait aussi une conscience écologique. Mais à sa manière. C'est juste qu'elle n'aimait pas la bouffe des Japs et la trouvait trop épicée. Ça lui donnait des hémorroïdes. Et pour parfaire sa tenue, elle arbora un vieux parapluie déglingué, clamant à tous qu'elle s'appelait Mary Poppers.

Son arrivée fit sensation. Certains invités eurent un rire jaune, mais pas autant que les Saupiquet. Pour sauver la face, on en conclut qu'elle s'était déguisée et avait un solide sens de l'humour. Sacrée bonne femme, va !

Jules-Édouard ajouta qu'elle était belge, et on pardonnait tout à ce petit peuple si original et décalé, où avait jailli la source de *C'est arrivé près de chez vous*, le film le plus culotté depuis la bataille de Napoléon à Waterloo.

Cornemuse éclusa sec et s'en jeta plein derrière la nuisette. C'est pétée comme un champi hallucinogène qu'elle se mit à table.

De son côté, Jules-Édouard cherchait en vain la clef de la cave car il voulait faire goûter au maire une boutange de derrière les fagots : un grand cru datant de sa naissance. Donc, pas tout neuf.

— Chouchou, t'as pas vu la clef de la cave ?

Chouchou l'envoya sur les roses, elle avait autre chose à faire, à savoir pavaner et pérorer devant l'assemblée, causer chiffons, people et autres sujets graves susceptibles de mettre l'humanité en péril. *Britney Spears a encore montré son string. Tout le monde rigole. Mais si Susan Boyle fait pareil, la fin du monde est pour demain.*

Afin d'égayer le repas, Mémé Cornemuse proposa de chanter le répertoire d'Annie Cordy. Les invités accueillirent cette initiative avec enthousiasme, la pétillante Annie ayant la cote auprès de tous. Mais quand Cornemuse monta sur la table et lança ses godillots dans les assiettes en dépiautant « La Bonne du curé » avec une voix de poissonnière, les invités prirent poliment congé, prétextant pour les uns des rendez-vous et pour les autres une soudaine fatigue due à l'alcool.

Marie-Céline resta seule avec le dessert, le regard rivé sur la garniture de crème fraîche, méditant sur l'ingratitude des êtres humains.

Elle finit par planter son doigt dans le gâteau et le lécha, ignorant que la vieille avait pissé dessus.

7

— Pourquoi tu ne veux plus mettre ta robe de princesse ?

— Parce que Cornemuse a dit que c'était une pétasse.

Le sang de Marie-Céline Saupiquet ne fit qu'un tour. Et vlan, elle en claqua une sur la joue de son effrontée de gamine. Où donc avait-elle appris un tel langage ?

— Va te coucher, décréta la mère.

Pleurnichant toutes les larmes de son corps, Clémence alla frapper chez la vieille qui matait un film de cul à la télé.

— Tu veux regarder la téloche avec moi ?

— C'est quoi ?

— Une émission sur l'anatomie.

— Non, fit la gamine qui ne comprenait pas le mot. Je veux que tu viennes nous raconter une histoire. Maman m'a giflée !

— Quelle salope ! Bon, laisse-moi regarder la fin de mon film et j'arrive.

Dix minutes plus tard, quand Rocco Siffredi eut envoyé sa substantifique moelle dans l'embouchure de la trompette de Jéricho, la vieille déboula dans la chambre des petiots, décorée de papillons voltigeant sur des branches fleuries. Idyllique. *Encore une connerie pour endormir l'esprit des gamins et leur faire gober qu'on vit dans un* wonderful world, *tout va très bien, madame la marquise. C'est comme ça qu'ils montent dans les bagnoles des inconnus et se retrouvent dans la Vologne avec le petit Grégory.* Si Mémé Cornemuse avait eu l'intention de rester dans ce nid de tarés, elle leur aurait refait la déco, façon Damidot, mais avec un mélange de *Scream*. Et si au lieu de regarder *Heidi dans la prairie*, les mômes mataient les films de Wes Craven, pensait la vieille, il y aurait moins de kidnappings. Ce mec, c'était un grand pédagogue.

Mémé raconta aux deux mouflets l'histoire du *Petit Chaperon rouge*, mais version Cornemuse...

Il était une fois un vieux loup pédophile qui glandait dans les bois parce qu'il était au chômedu. Un jour, il rencontra une petite pimbêche qu'il surnomma « le Petit Morpion rouge » en souvenir des folles nuits de sa jeunesse. Faut dire qu'il ne passait plus grand monde sous les platanes.

— Bonjour, qu'il lui dit en se pourléchant les babines, parce que faut reconnaître qu'elle était bien roulée et avait un cul à faire bander une machine à traire.

— Bonjour, qu'elle lui répondit, parce qu'elle était bien élevée. Mon Dieu, comme tu as un grand nez et de grosses couilles !

Fier de ces compliments, le loup lui proposa de l'accompagner, prétextant que c'était dangereux de se promener dans les bois toute seule, parce qu'il y avait des violeurs.

— Ben justement, qu'elle répondit la gamine, j'aimerais bien m'envoyer en l'air pour mon anniversaire.

— On peut s'arranger, fit le loup, qui prenait du Viagra. Où vas-tu donc de ce pas ?

— Je vais apporter des M&M's à ma bobonne qui vit dans la cabane pourrie près de la clairière.

Et tous deux devisant, ils s'en allèrent chemin faisant.

Arrivés devant la porte de la vieille carne, toc ! toc ! Puis TOC ! TOC ! Mais la relique était sourde comme un petit pot de beurre.

— Tire la chevillette et la bobinette cherra, lui conseilla le loup.

Et crac ! La porte s'ouvrit comme par miracle. La vieille était à poil dans son pieu, en train de faire ses mots croisés. Elle était si contente de pouvoir bouffer des M&M's qu'elle invita le loup et le Petit Chaperon rouge dans son lit. Grosse partouze ! Ils firent une java d'enfer et furent tous très heureux et eurent beaucoup de petits morpions qui couraient partout. Ce qui rappela au loup, le bon vieux temps. Et il se mit à chanter :

Joyeux anniversaire,
Casse-toi la gueule par terre
Rendez-vous au cimetière
Tu verras c'est super !

C'est pas une belle histoire, ça ?

— T'as pas des M&M's ?

Décidément, se dit la vieille, on se casse le cul à essayer de faire passer un message aux moutards et tout ce qu'ils retiennent, c'est les plaisirs de l'estomac. Me méritent pas.

Du coup, c'est sans scrupules qu'elle quitta définitivement cette famille d'irrécupérables, après avoir piqué le pognon dans le coffre de monsieur. Ça faisait une semaine qu'elle avait concocté son coup, épié le Jules-Édouard par le trou de serrure de son bureau, et repéré où il planquait la clef de son coffre-fort, dissimulé derrière une croûte signée Dufy, un nom de canard, et sur laquelle elle s'amusa à faire quelques graffitis au marqueur, histoire d'améliorer cette merde. Cadeau de départ.

Ensuite, après avoir ramassé ses précieuses affaires et décroché Jean-Claude de son mur, elle se dirigea vers le garage et mit la camionnette en route. Pas difficile non plus, les clefs étaient accrochées dans le hall d'entrée. Le véhicule eut un peu de mal à démarrer. Il avait appartenu au père de madame qui le gardait en souvenir. La vieille aurait pu taxer la bagnole à la place, mais il lui fallait une camionnette. Elle avait sa petite idée…

Posé sur le siège du passager, JCVD lui souriait de toutes ses dents.

— Allez GO, mon Jean-Claude ! Z'y va ! En route pour Hollywood ! *On the road again*.

Elle allait enfin réaliser son rêve : rencontrer JCVD au pays des stars. Elle avait lu qu'il tournait un film là-bas.

Et gare à ceux qui allaient croiser sa route !

8

Un vent de liberté soufflait dans la tronche de Mémé Cornemuse, qui roulait toutes vitres ouvertes, agrippée à son volant parce qu'elle ne voyait pas de loin. De toute façon, pas besoin, du moment qu'on voit de près.

Première étape : aller chez un garagiste, denrée devenue rare. C'était comme dénicher une boulette dans l'assiette d'un végétarien. Mais la vieille ne s'avouait jamais vaincue et, à force de ténacité, elle finit par trouver la perle : un petit garage perdu dans un village paumé. Un gars au visage buriné et aux mains pleines de cambouis l'accueillit avec une mine renfrognée. Du genre « faut pas venir me déranger ».

— C'est pour quoi ?

— Faut me découper un rectangle sur le côté au chalumeau.

— Hein ?

— Me faire un trou, là, désigna-t-elle en montrant l'endroit choisi. C'est simple, non ? Kapich ?

— Écoutez, ma p'tite dame, c'est un sacré boulot et moi j'ai pas que ça à faire.

— Si.

— Pardon ?

— J'ai besoin de ce trou.

— Pour faire quoi, si c'est pas indiscret ?

— Un fritkot.

— ???

— Je veux vendre des frites avec ma camionnette pour me payer mon voyage à Hollywood. J'suis une honnête femme.

Le garagiste la regarda comme si elle s'était échappée de l'asile.

— Tu peux me faire ça là ? insista la vieille. J'suis pressée.

— Coutez, ma p'tite dame, je…

— D'abord, j'suis pas ta p'tite dame. Ensuite, tu vas chercher ton chalumeau et tu te magnes le train.

— Non. J'ai pas que ça à foutre, répliqua le garagiste en retournant dans son garage.

Là, il sentit quelque chose de froid pointé dans son dos. Il se retourna et vit la vieille avec un flingue. L'avait pas l'air de rigoler…

— Magne-toi, j'ai dit. C'est pas un pistolet à eau, c'est un Beretta et il est chargé.

Face à ces arguments, le garagiste alla chercher son chalumeau et son masque, suivi de Calamity Jane qui ne le lâchait pas d'une semelle. Puis il commença à découper la tôle sous l'œil imperturbable de sa cliente qui l'observait, stoïque, le flingue toujours pointé sur lui. Une fois le travail terminé, elle grimpa dans sa camionnette et mit les gaz.

— Hé ! Et mon pognon ? gueula le garagiste.

En guise de réponse, la vieille pointa un doigt par la vitre ouverte et disparut dans l'horizon en grommelant : « Pauv'con, sois déjà bien content que je ne t'aie pas tiré dans le croupion. »

Restait maintenant à se procurer une friteuse, un pot

de peinture et des patates. Elle trouva le tout dans l'épicerie du village, dernier vestige d'une époque où il faisait bon vivre et où les gens se causaient. Aujourd'hui, fallait prendre sa bagnole pour aller dans des zonings industriels acheter ta bouteille de beaujolais. Et encore, t'avais de la chance quand tu trouvais une caissière... Bien qu'elle n'ait jamais été très causante avec ses semblables, Cornemuse préférait la vie d'avant et la trouvait plus rigolote. Les univers aseptisés, c'était pas son truc. Les petits vieux qui radotaient sur les bancs et les crapuleux bistrots, ça lui manquait. *Le monde part en couille et mon cœur s'est scratché sur une bretelle d'autoroute.*

Grâce à sa baguette magique, à savoir son flingue, Mémé Cornemuse obtint tout ce qu'elle souhaitait et même plus, parce que l'épicière était limite à se pisser dessus tant elle avait la trouille. Donc, prenez tout ce que vous voulez et partez !

La vieille ne se fit pas prier et remplit quelques sacs de provisions contenant surtout du pinard ; rouler bourrée l'aidait à mieux voir, lui semblait-il. Elle emporta aussi quelques paquets de clopes à défaut de cigares. C'est donc avec plusieurs sacs de patates et des bocaux de pickles qu'elle se lança sur les routes de Navarre, direction le pays des stars. Certains rêvent de rencontrer le dalaï-lama ou Paul Auster, elle c'était Jean-Claude Van Damme. À chacun ses fantasmes.

Une heure plus tard, la vieille s'arrêtait dans un endroit tranquille pour maquiller les plaques de sa camionnette et peinturlurer FRITKOT au-dessus du trou découpé au chalumeau. Sur le côté, elle écrivit : fricadelles[1], ballekes[2] et

1. Saucisses panées.
2. Boulettes de viande.

mitraillettes[1]. Elle n'avait rien de tout ça « en magasin », mais peu importe, ça attirerait le client. Et une fois harponné, il ne pourrait plus échapper au cornet de frites.

Le travail terminé, elle flûta un litron de rouge et se coucha sur la banquette. Douce nuit, sainte nuit, les anges sont avec les poivrots, ils ont les ailes qui saignent pour eux.

Dès potron-minet, la vieille se mit en route. L'aventure est au bout du chemin, surtout s'il est boueux.

Après quelques kilomètres, il se mit à pleuvoir des cordes. Elle n'y voyait goutte et faillit renverser un autostoppeur, trempé sur le bord de la route. Non dépourvue d'une certaine humanité, elle s'arrêta et lui proposa d'embarquer. Ce qu'il accepta, ne se doutant pas du guêpier dans lequel il venait de tomber.

1. Demi-baguettes de viande cuite. Le tout, avec une bonne bière, évidemment.

9

— Ben vous avez bien failli me renverser ! fit l'autostoppeur.

De près, la vieille vit qu'il était affublé d'une tenue de scout, short kaki pour se confondre avec les fougères, bottines de montagnard et chaussettes en laine tricotées par maman.

— Fallait pas être sur la route. À c't'heure-ci, les gens honnêtes y sont chez eux.

— Je n'étais pas au milieu de la route, j'étais bien sur le côté et vous avez dévié.

— Un p'tit coup de mou, ça arrive, répliqua Cornemuse en lampant au goulot de sa bouteille de peket[1], qui faisait partie de sa trousse de secours. Z'en voulez ?

— Non merci.

Elle le toisa et lâcha :

— Z'avez tort, ça redonne du tonus.

— Pas besoin de ça, je suis un grand sportif.

— J'aime pas les sportifs. Ils ont des conversations qui m'emmerdent.

C'était clair et net, aucune issue possible.

1. Alcool de grain distillé (c'est belge et ça tue !).

— Et moi je n'aime pas les gens qui ont des idées toutes faites.

Là-dessus, la vieille stoppa net, sans regarder s'il n'y avait pas un véhicule derrière elle, la route est à moi !

— Tu insinues quoi là, gamin ?

— Rien, je disais ça comme ça, répliqua le scout qui n'avait nulle envie de se retrouver dans la drache.

Elle redémarra en tirant la tronche. N'aimait pas qu'on lui fasse la moindre critique. Elle estimait qu'à son âge, il fallait la prendre comme elle était et basta. Ceux qui sont pas contents, qu'ils aillent au diable !

La route se poursuivit pendant un moment, sans un mot. Morne plaine.

— C'est gentil de m'avoir embarqué, finit par dire le scout.

— Je fais rien pour rien.

— Euh… Je ne peux pas vous payer, je n'ai pas d'argent. Je l'ai oublié dans mon campement. En fait, je me suis égaré pendant la randonnée en forêt. Ma troupe doit être morte d'inquiétude ! Je suis le chef de patrouille, ajouta-t-il fièrement.

— Penses-tu ! Ils doivent être en train de s'envoyer en l'air.

— Oh non, ne croyez pas ça ! Mes louveteaux sont de braves gars.

— Hin, hin… Tu t'appelles comment ?

— Belette sautillante et vous ?

— Gazelle pipeuse.

La belette fit semblant de ne pas avoir compris et continua comme si de rien n'était ; l'innocence est le parapluie des bigots. L'on parla des champignons dans les prés et des feux de camp. S'il avait eu sa guitare, l'illuminé du sifflet lui aurait joué « Dans les plaines du Far West » et

Mémé Cornemuse se dit qu'elle l'avait échappé belle ! Elle n'avait pas l'âme d'une cheftaine, encore moins celle d'une mélomane. Pour elle, à part Annie Cordy, le reste, c'était pas de la musique mais du bruit.

— Et comment tu comptes me payer ?

— Dès que vous m'aurez déposé à mon campement, j'irai chercher mon porte-monnaie et…

— Tatata ! Rien du tout, fieu ! T'apprends pas à un vieux singe à bouffer des limaces. Une fois rendu, tu vas te tailler et au revoir, Berthe !

— Mais non, je vous jure que je reviendrai.

— Sur la tête de qui ?

— De notre Seigneur.

— Ah ! Ah ! rigola la vieille. Je l'ai tué. Pan ! Un coup dans le nuage et j'ai vu voler ses plumes de travelo jusque sur mes pantoufles[1].

— Alors, j'le jure sur ma tête.

— Ça, je comprends ! Avec ta tronche de premier de classe, y a de quoi avoir envie de se suicider ! Moi, j'ai pas le temps d'attendre. Me faut le fric tout de suite, sinon buiten.

La gazelle ne sautillait plus du tout et paniquait à l'idée de se retrouver de nouveau dehors sous la pluie, en pleine nuit. Malgré ses supplications, la vieille bifurqua vers le parking le plus proche et stoppa le moteur sous un gros chêne.

— On peut s'arranger, fit Cornemuse, soudain conciliante.

— Oh, comme c'est gentil !

Avant qu'il ait pu réaliser ce qui se passait, elle glissa sa main fripée dans son short et lui tâta la floche. Le

---

1. *La vieille qui voulait tuer le bon Dieu* (Belfond/Pocket).

blaireau éructa, mais opta pour le couvre-feu, ne pensant qu'à son rapatriement. Un léger début de Parkinson aidant, Mémé Cornemuse astiqua le totem jusqu'au dérouillage et termina par une petite gâterie dont elle avait le secret, unique en son genre, depuis qu'elle avait perdu ses canines. Une fois la prise de foulard réussie, elle redémarra dans la joie et la négresse, comme disait DSK.

Mowgli réintégra son campement avec, dans sa besace, un souvenir inoubliable. Gazelle pipeuse portant bien son nom.

10

Ah, les jolis petits villages français, à flanc de coteau où flottait encore le parfum de Giono ! Et si l'on tendait l'oreille, on pouvait entendre le doux son mélodieux de l'harmonica du p'tit gars de Baumugnes. Ou le murmure des ailes du moulin de Daudet. Douce France...

Guilleret, le bonheur en bandoulière, Firmin, le garçon boucher de la bourgade, cheminait tel un papillon de lumière, les rêves au vent, en chantant le chef-d'œuvre des Charlots :

Sur la route de Pen-Zac,
Gouz Gouz la irac
Gouz Gouz la irac
Sur la route de Pen-Zac,
La joie éclate et fait crac !
Y a les bourgeons qui bourgeonnent
Les pinsons font ricuicui
C'est la noce à Maryvonne
Qui débouche du pays.

Un peu de soleil, un brin de nature, le gazouillis des oiseaux, et voilà l'homme transformé en poète, rêveur solitaire perdu dans les éclats d'un bonheur simple. Il allait retrouver sa Maryvonne qui s'appelait Francine, dans les blés ondulant harmonieusement près de la rivière. Il l'imaginait avec sa jupette à carreaux et sa crinière dorée comme une cuisse de poulet bien rôtie. Cette fois, il oserait le baiser fougueux. Et, prochaine étape, la main au jarret. Lui caresser le croupion, soupeser le jambonneau… emporter une fine tranche de son cœur pour le farcir avec le sien, afin qu'elle ne sache plus jamais se passer de lui. L'épouser ensuite et lui faire un tas de petites andouillettes avec des nœuds roses dans les cheveux.

Perdu au pays merveilleux de Oui-Oui pur bœuf, il n'entendit pas de suite ce bruit bizarre, pareil à un cheval de fer qui fonçait au galop vers lui. Ce n'est qu'au coup de frein qu'il sursauta et eut le réflexe salvateur de se jeter dans le fossé.

Lorsqu'il eut repris ses esprits et réuni ses deux neurones, il aperçut un monstre de fer à la gueule béante de laquelle sortait une fumée venue de l'enfer. De ces vapeurs rougeoyantes surgit un visage démoniaque, celui de la femme de Lucifer, il n'y avait aucun doute.

— Hé, gamin, tu veux un cornet de frites ?

Encore embrumé par les émanations nauséabondes, mélange d'essence et de graisse brûlée, Firmin regardait le chariot de feu prêt à l'emporter dans les ténèbres de Dante.

La main du diable s'approcha de lui et lui tendit un sachet de frites bien dégoulinantes, surmontées d'une motte de sauce pickles.

— C'est quinze euros.

— Hein ? Mais j'ai rien demandé, moi ! geignit Firmin en se relevant.

— Vous m'avez fait signe de m'arrêter, alors j'ai stoppé net. Le client est roi, décréta Mémé Cornemuse.

— Mais je ne vous ai fait aucun signe ! Comment j'aurais pu ? Je ne vous ai même pas entendue arriver…

— Si, moi j'ai vu que vous avez bougé votre bras. J'me suis pas cassé le cul à vous sculpter des frites si c'est pour rester avec. C'est quinze euros, j'ai dit.

— Je n'ai pas cette somme sur moi !

— Alors donne-moi ta montre. C'est quelle marque ?

— Ah non, pas ça ! C'est mon grand-père qui me l'a léguée quand il est mort… J'y tiens beaucoup.

Ni une ni deux, elle lui saisit le poignet et examina la relique en faisant la moue.

— Ça vaut pas un clou, ta cacaille.

— Si ! Elle est en or, qu'il m'a dit.

— Ça, on s'en fout. C'est plus du tout la mode, gamin. Moi je ne chourave que des Swatch. Et y a quoi là-dedans ? demanda-t-elle en lui prenant sa besace.

— De la charcuterie. Je vais pique-niquer avec ma fiancée.

— Ah ! Ah ! Tu vas la niquer, ouais !

— Mais non ! Je la respecte trop pour ça, s'insurgea Firmin.

— Ben t'es con. Les femmes, elles n'attendent que ça. Une bonne pétée et hop ! Après, t'en fais tout ce que tu veux. Tu les tournes autour de ton doigt et tu leur racontes n'importe quel bobard qui leur rappelle *La Mélodie du bonheur* en passant par les gondoles à Venise et l'affaire est *in the pocket*.

— J'ai pas les moyens de l'emmener à Venise…

— Mais on s'en fout, pauv' Tichke[1] ! C'est moche,

---

1. Mot affectueux qui signifie « P'tite bite » en bruxellois.

Venise, c'est plein de cacas de pigeon et de touristes avec des casquettes d'Américains. Ce qui compte, c'est le *dream*, comme dit Jean-Claude. Pour lui, *le rêve – et pour tout le monde, même si les gens ne le savent pas (et s'ils ne le savent pas, ils le savent) –, le rêve,* it's a feeling. *C'est une sensation, une sensation réelle qui se produit si on veut.* T'as compris ?

— Euh…

— Oui, bon, ça se voit que t'as pas fait d'études. En clair, les plus beaux rêves sont ceux qui ne se réalisent pas. Fais rêver une femme, tu seras toujours son Prince charmant. Réalise son rêve et tu finiras cocu.

— Pourquoi ?

— Parce qu'une fois son rêve assouvi, elle en voudra d'autres et encore et encore ! Pire qu'une pompe à purin !

Firmin la regardait bouche bée. Elle voyait bien que son franc n'était pas tombé dans sa tirelire. Alors, dans un élan pédagogique qui lui restait de sa grand-mère institutrice, elle se lança dans une savante métaphore qui consistait à comparer la femme avec un âne et le rêve avec la carotte au bout du bâton. Mais le Firmin semblait de plus en plus patauger dans les rillettes. Sa cause était désespérée.

— Donne-lui tout de même une frite, lui dit son père…

— Hein ?

— C'est de Victor Hugo. Tu connais pas. Un poète qui a créé sa marque de fringues avec Boss. Allez, mange ! conseilla-t-elle en lui tendant le paquet. Les féculents, c'est bon pour le scorbut.

Firmin piocha dans le tas et en extirpa une frite qu'il porta à sa bouche en faisant la grimace. Mais vu l'air menaçant de la vieille, il s'efforça de sourire et avala la merveille.

— Sont pas bonnes, mes frites ?

— Si, si... Celle-là est juste un peu molle.

— Normal, à force de babbeler[1], elles sont froides, maint'nant. Mais ça se mange comme ça aussi. C'est plus digeste, assura Cornemuse en fine connaisseuse de l'art de la patate – autrement dit, de la pataphysique.

Elle lui tendit le sachet en lui recommandant de garder le papier car y avait de la lecture.

— C'est ma journée de promo, t'as du bol, fieu ! On est le 13 et aujourd'hui, c'est *Un livre, une frite*. Je les emballe dans du Musso. Faut amener la culture au petit peuple.

Elle planta le cornet de frites dans la paluche de l'heureux élu et remonta dans son camion après l'avoir taxé de sa besace. Un peu de charcutailles allait lui faire du bien.

Avant de démarrer, elle regarda la photo de Jean-Claude, coincée sur le siège du passager et lui lança :

— Tu crois qu'il sait lire, cet onnuzel[2] ?

— *I don't know baby*, *but* t'aurais dû emballer tes frites avec les aventures de Bob Morane. *Bob Morane, c'est Tintin en plus profond.*

Sur ce, elle mit les gaz à fond et démarra sur les chapeaux de roue. Chance que maintenant, Jacky Ickx coloriait des pots de yaourt ! S'il avait encore été dans la course automobile, elle l'aurait doublé !

---

1. Papoter.
2. Demeuré.

11

Le Firmin avait eu du bol ! Béni des dieux ! Cornemuse ne l'avait pas sauté. L'était pas son genre. Elle avait ses critères. Bon, parfois, elle passait outre car faute de grives… Mais il refoulait du goulot et ça, elle n'aimait pas du tout !

Tous les chemins ne sont pas toujours ensoleillés et heureusement car une vie sans nuages, c'est comme une orange sans pépins ; on finit par ne plus apprécier son bonheur.

Cornemuse traversa un petit village avec une kermesse sur la place. Les mères léchaient des pommes d'amour, le truc à te niquer les dents, pendant que leurs mouflets s'esquintaient à pêcher des canards en plastique made in China. La vieille en profita pour garer sa camionnette bien en vue et alpaguer les habitants en vantant les vertus aphrodisiaques de ses frites. Finaude, elle avait trouvé le moyen de trafiquer les cornets en mettant une boulette de papier dans le fond, de telle sorte qu'il n'y avait des frites qu'en surface. Y a pas de petites économies…

À quinze euros le sachet, les clients s'attendaient à la Rolls-Royce de la frite. Constatant qu'ils avaient été floués et qu'en plus elles étaient dégueu, ils se mirent à lancer des cailloux sur la camionnette de la vieille arnaqueuse qui démarra en trombe. Agrippée au volant, Cornemuse grognait :

— Y n'me méritent pas ! Bande de paysans ! Z'ont le palais atrophié !

Pour se consoler de l'ingratitude de l'humanité, elle se mit à chanter le répertoire d'Annie Cordy à tue-tête. Mieux que du Xanax ! Prise dans son élan lyrique, elle écrasa une poule sur son passage sans se rendre compte de rien, et ne s'aperçut pas que le réservoir de sa camionnette était dans le rouge.

La nuit nappait doucement la vallée d'un voile de deuil, irisant les coteaux d'une lumière diaphane, telle une danseuse posant des lambeaux de tulle sur ses souvenirs… Soudain, crac ! Le moteur hoqueta et Jean-Claude tomba par terre. Cornemuse se pencha pour remettre son idole sur le siège et ne vit pas le feu rouge. Elle évita de justesse un autre véhicule qui traversait la route. Furax, le conducteur ouvrit sa fenêtre et engueula le danger public. Il vit surgir une tête hirsute de sorcière qui lui cria :

— Chauffard ! Espèce de connard ! T'as eu ton permis dans un sachet de corn-flakes ?

Il n'en revenait pas ! L'échappée du home venait de griller un feu rouge, elle avait failli lui rentrer dedans et en plus, elle l'insultait ! *Faut pas laisser sortir les p'tits vieux après 18 heures. Faut les enfermer dans un bocal.*

— Tu te rends compte, Jean-Claude ! Ce trouduc a failli nous couper en rondelles avec sa bagnole de m'as-tu-vu et avec ça, il est malpoli ! Prochain bobo que j'croise, je l'écrase. J'attends le bon moment…

Souriant de toutes ses dents, Jean-Claude répliqua : *Je*

crois au moment. S'il n'y a pas le moment, à ce moment-là, il faut arriver à ce moment-là, au moment qu'on veut.

— T'as raison, chouke.

Cornemuse n'aimait que les routes de campagne. Les autoroutes, c'est comme une vie sans Écossais. C'est triste et monotone. Mais elle fut bien obligée d'aller vers la merditude des choses pour trouver une station d'essence.

Tandis que la camionnette crachait ses poumons, elle aperçut au loin, ô miracle, le paradis de l'automobiliste, dans un halo jaune pâle, qui n'était pas sans rappeler les peintures de Hopper. Mais tout le monde sait que le paradis est pavé de mauvaises intentions et enfer et damnation, fallait une carte bleue. La vieille avait connu d'autres embûches et les avait toutes surmontées. À sa manière... Elle décida d'attendre un signe du destin, qui arriva en Mercedes. Du gros gibier, nourri à la perlouze, avec casquette de milord et gants de cuir, pure peau de caribou. À côté de lui, une blondasse bronzée à la Terracotta, genre sapin de Noël où y a plus moyen d'accrocher une boule tellement ça croule sous les guirlandes.

Cornemuse se tartina à la hâte ce qui lui restait de lèvres avec un bâton de rose fuchsia piqué dans un magasin. Une fleur fripée au milieu d'un champ de mines... Un coup d'œil dans le rétro et, satisfaite, elle fonça vers sa proie. Faut parfois peu de chose pour qu'une femme se trouve belle. Surtout quand elle est myope.

Avant qu'il ne se rende compte que la septième merveille du monde allait lui tomber dessus, Rick de Stouffer sortit son portefeuille. Une main s'abattit alors sur son épaule. Rick, t'es cuit !

Roucoulant comme une midinette, la vieille minauda et lui demanda s'il ne pouvait pas remplir son réservoir.

Elle avait opté pour la carte de la séduction. Mais ce crétin ne semblait pas sensible à ses charmes. Plan 2 : la pitié.

— C'est parce que j'ai de l'arthrose.

— Bon. D'accord, soupira le gaillard. Donnez-moi votre carte bleue.

Plan 3 : la distraction.

La vieille fit mine de fouiller dans son sac.

— Oh, zut ! Je ne la retrouve plus !

— Appelez un ami !

— J'ai pas d'amis. Suis seule au monde comme Tom Hanks avec son ballon. Ma devise, c'est : « Pas d'amis, pas d'ennuis. »

— Désolé, mais je ne peux rien faire pour vous !

Goujat !

Plan de secours : la force, et qu'elle soit avec toi !

Cornemuse fouilla à nouveau dans son cabas et sortit son flingue. Efficace ! Non seulement le couillon des mers du Sud remplit son réservoir d'essence, mais en prime, il ne se fit plus prier pour donner sa carte gold avec le code.

Elle partit avec. Et laissa le généreux donateur avec son réservoir aussi vide que le cerveau de sa pétasse à qui elle piqua le sac à main. L'avait qu'à être plus prompt à rendre service.

Énervée comme un coucou, Mémé Cornemuse roulait à gauche, oubliant les règles élémentaires du code de la route, qui de toute façon lui était aussi étranger que la migration de la bécasse en Russie centrale.

Félix avait pris quelques jours de congé pour faire un peu de rando et s'adonner à sa passion : le cyclisme, sur les routes de Navarre, ce beau pays vallonné, avec sa tomme de chèvre et son saumur-champigny. Quand il n'était pas sur sa bécane, Félix tondait la pelouse pour un couple de retraités nantis qui l'employaient à plein temps, vu la surface du gazon, à Knokke-le-Zoute, station balnéaire huppée sur la côte belge. Ses patrons lui avaient accordé sans problème ces moments de repos bien mérité. De braves gens qui ne se la pétaient pas, mais qui auraient pu, vu que leur fils était une star internationale : JCVD !

Il venait de crever une roue et s'était mis sur le côté pour tâter la chambre à air afin de déceler d'où venait la fuite. Tout en palpant la bête avec amour, il humait l'air frais et jouissait de chaque moment de cette quiétude vagabonde.

C'est dans ses rêves champêtres, sur les petits chemins « où les vieux cantonniers sont rois », comme le chantait Mireille[1], qu'il vit débouler un ovni tout droit sorti de la bataille de Parcellus Minor, dans *Star Wars*. Il eut juste le temps de se jeter sur le côté avec son vélo pour éviter de se faire transformer en crêpe Suzette.

La camionnette roula quelques mètres avant de ralentir et de faire marche arrière. Un remords ? Félix reprit espoir en la race humaine. Non, tous ne sont pas des sans-cœur qui vous laisseraient crever au bord de la route.

Quand il vit apparaître la tête du chauffard, une sorte de travelo qui avait de la moustache, il fut étonné de l'âge du conducteur. Ou de la conductrice ? Il hésitait quant au sexe, tant cette créature était hybride. Plein d'indulgence, vu que la personne semblait se soucier de son état puisqu'elle était revenue voir ce qui se passait, Félix se redressa en tentant d'esquisser un sourire.

1. Le Petit Conservatoire.

— C'est rien, fit-il, tout va bien, juste quelques égratignures et mon vélo est intact, ce qui est l'essentiel.

— Comment ça c'est rien ? gueula ce qui s'avéra être une vieille, lorsqu'il vit sa jambe pleine de varices garnie d'une jupe à pois surgir de la portière.

Mémé Cornemuse fit claquer les semelles de ses chaussures orthopédiques sur le bitume. Mad Max dans le monde merveilleux de Narnia. *Petite coccinelle des champs, casse-toi vite fait si tu ne veux pas te faire écrabouiller par des panards puants.*

La vieille examina le pare-chocs de son véhicule et grogna :

— Y a une griffe, là.

Félix n'en revenait pas !

— Non, mais ça va pas ? Vous rouliez à gauche !

— Et alors ? J'suis gauchère, lui asséna Cornemuse.

Argument imparable. Visiblement, elle ne connaissait pas le code de la route et semblait d'une mauvaise foi à faire s'écrouler des montagnes.

— T'as quelque chose à dire là-dessus ? fit-elle en sortant un flingue de son cabas.

Elle n'avait pas l'air de plaisanter. Félix décida de la fermer et de faire profil bas. L'était pas du genre à chercher les emmerdes, déjà que quand tu ne les cherches pas, elles arrivent toutes seules, alors, hein…

— Bon, je laisse béton pour l'égratignure. J'suis fair-play. Puis surtout j'ai pas de temps à perdre, faut que j'me magne pour aller rejoindre mon fiancé et ça c'est pas de la tarte. Faut le pister, çui-là !

En plus de ça, elle empestait la gnôle. Félix pria intérieurement pour qu'elle ne retrouve pas le pauvre gars. Sauvez le soldat Ryan !

Elle remonta dans sa camionnette, baissa la vitre et lui lança :

— Prochaine fois, roule dans les champs et fais pas chier les automobilistes.

Il en resta sur le cul. Il la regarda s'éloigner en zigzaguant. Mais où allait-elle comme ça ? Pas loin, espérait-il. S'il s'était douté qu'elle allait à Hollywood, il aurait averti le FBI, MacGyver et Kojak. Les flics les plus efficaces sont ceux des séries télé, c'est bien connu.

Ah, bonjour les vacances !

12

Pendant ce temps-là… Quelque part dans un bled paumé du côté de Dixmude, c'était la bérézina chez les ferrailleurs. Bertine Pignet avait élevé ses trois gamins à la force du poignet. Vingt euros la branlette et trente pour les extras. Elle bossait pendant que son mari faisait ses mots croisés dans la cuisine. Pas jaloux, le Rémy. Un brave gars, sauf quand il avait bu. Alors là, il détachait sa ceinture et vlan ! Il tapait sur Brutus. Un gros bâtard qui ne bronchait pas. Jusqu'au jour où… le clébard lui avait sauté à la gorge et le sang avait giclé partout dans la baraque. Rémy avait crié. Mais Bertine était en haut, en train de faire sécher sa permanente sous son vieux casque de cosmonaute, un modèle comme on n'en fait plus, pire qu'un Tupolev. Quant aux gamins, ils étaient affalés dans la remise, en train de cuver les excès de la veille. Et papy Lucien n'avait rien vu, rien entendu, collé à sa télé qui beuglait.

Bref, Rémy Pignet agonisa sur le plancher pendant que Brutus lui bouffait l'œsophage. Rémy mourut la ceinture à la main.

Et depuis, Brutus coule des jours paisibles.

Mais aujourd'hui, c'était le bordel ! Le papy avait

coupé les fils de la télé avec son couteau électrique. Un coup de folie. Une zinne, comme on dit en Belgique.

— C'est malin, hein ! Juste au moment où Flupke[1] va devenir roi ! Je verrai pas la cérémonie à cause de toi. T'es content ? J'suis sûre que tu l'as fait exprès. Communiste !

Le vieux se contenta de ricaner, comme d'hab. Ça faisait des lunes qu'il n'avait plus rien dit. Qu'il soit triste ou content, il rigolait, c'est tout. Quand son fils est mort, il a eu un fou rire. Le toubib a mis ça sur le compte de la nervosité. Ben tiens…

Toute façon ces deux-là, c'était chien et chat. Toujours en train de s'engueuler. Un vrai bonheur !

Et fallait pas compter sur les trois bras cassés qui n'étaient même pas capables de remplacer une ampoule électrique. Quand y en a une qui pétait, on jetait la lampe avec l'abat-jour et on allait en piquer une au magasin.

Tout pouvait sauter, Bertine s'en fichait. Mais pas la télé ! C'était son oxygène, sa bouffée d'air, son Amérique.

C'est donc en plein déluge qu'elle entendit frapper à sa porte. Bizarre, elle n'attendait pas de client. C'était son jour de relâche. Elle était toute seule avec le vieux maboul. Ses fils étaient encore en ribote comme toujours. On frappa de nouveau, plus fort. Elle n'aimait pas ça. Elle saisit le couteau électrique du vieux et alla ouvrir.

---

1. Philippe, le nouveau roi des Belges.

13

Après avoir fait l'inventaire du sac à main piqué à la pétasse à la station d'essence, la vieille le largua pardessus bord. Y avait écrit un nom à coucher dehors sur le devant : Dolce & Gabbana. Elle préférait les sacs Tati, ça au moins tu peux mettre plein de trucs dedans, puis ça ne prend pas l'eau et ça peut aussi servir de parachute si tu te jettes du haut de la tour Eiffel.

Elle roulait déjà depuis un moment et commençait à piquer du nez sur le volant. Un coup de barre, et hop ! Une rasade de peket et ça redémarre… Mémé Cornemuse mit les gaz à fond et quitta l'autoroute pour reprendre les petits chemins de traverse qui sentent le romarin, youkaïdi, youkaïda. Il faisait nuit et la lune blême semblait murmurer ses secrets entre les branches des arbres décharnés. La vieille frissonna. Ce paysage lui rappelait la scène où Blanche-Neige se perdait dans les bois, avec les arbres menaçants qui ricanaient au-dessus d'elle. Elle avait vu une pelletée de films d'horreur au BIFFF[1], comme tout bon Belge amoureux des griffes de Freddy et autres play-boys, mais jamais elle n'avait eu autant la

1. Festival du film fantastique de Bruxelles. Génial !

trouille qu'en regardant la nunuche à la robe jaune avec ses nains de jardin. Pour se donner du courage, elle vida le reste du peket, glou glou dans le jabot, ça fait du bien par où ça passe et merdum. Tout à coup, elle entendit une voix dans son dos !

— Accélère...

— Quoi ça ? s'étrangla la vieille.

Elle jeta un œil dans son rétroviseur mais ne vit personne. Faut dire qu'il faisait noir comme dans le cul d'un babouin. On ne dit plus « un Noir », c'est raciste. Par contre, le babouin ne sait pas lire et il s'en fout.

— J'ai dit : « Accélère ! » J'ai envie de te voir foncer dans le décor et cramer dans ton camion.

— Mais c'est pas gentil, ça ! D'abord qui t'es pour me causer comme ça ?

— On m'appelle « la camarde ».

— T'es communiste ?

— Pas « camarade », « camarde » ! La mort...

— Ah bon ! Y devaient être bourrés tes vieux, quand ils t'ont baptisé.

— S'appeler Mémé Cornemuse, tu crois que c'est mieux ?

— Putain ! Comment tu sais mon nom, toi ? s'étrangla la vieille.

— Parce que je sais TOUT.

— M'étonnerait !

— Tu as passé tes dernières vacances dans une roulotte à la mer du Nord avec un serial killer, puis tu t'es mariée avec un flic qui était travelo la nuit et après ça, tu t'es retrouvée concierge dans un immeuble où il se passait des choses gratinées...

Cornemuse était soufflée. Soudain, dans un éclair de

lucidité, la réponse lui apparut, lumineuse comme les lampions de la foire du Midi à Bruxelles.

— T'as lu les bouquins de cette tarée qui écrit des trucs sur moi. Sais plus comment elle s'appelle, mais elle est blonde, c'est dire ! Et en plus elle porte des bretelles fluo pour pas qu'on l'écrase la nuit quand elle rentre beurrée. Cette salope interroge tous les gens que je rencontre et après, elle brode. Faut pas croire tout ce qu'elle raconte. Je suis pire que ça !

— Je ne lis pas. Pas besoin pour savoir tout des humains.

— Ah bon ? T'es voyant alors ? Moi aussi ! Je lis dans les hémorroïdes.

— Tu n'as rien compris. Je suis la grande Faucheuse...

— Ben comme moi ! Je pique dans les magasins et des fois, j'me fais une petite banque. Mais ça rate toujours ! Pourtant, j'ai mis des bougies à sainte Rita avant chaque casse eh ben, bernique ! Ça a tout le temps foiré. Quelle arnaque, celle-là ! J'ai écrit au pape pour lui demander de la rayer de son calendrier. M'a pas répondu, ce snul.

— Moi je fauche la vie des gens.

Malgré ses efforts pour tenter de voir à quoi ressemblait ce taré qui était monté en catimini dans sa camionnette à la station d'essence, Mémé Cornemuse n'arrivait pas à distinguer ses traits. Elle apercevait vaguement une silhouette sombre, comme une ombre assise à l'arrière. *Fais gaffe à ce que tu dis, ma fille, ce kalichentien*[1] *n'a pas toutes ses boulettes dans la même barquette.*

— Ça est quoi, ce métier ?

— C'est pas un métier, c'est une mission divine.

— Ah oué ? Toi t'es vraiment un allumé, fieu. Dieu n'existe plus, je l'ai tué.

1. Doigt de pied à la réglisse.

— Dieu est immortel, voyons !

— C'est ça ! Tu vas me faire croire qu'il a un gilet pare-balles, peut-être ? se moqua la vieille.

— Il n'en a pas besoin. Rien ne peut l'atteindre.

— Bon, résumons. Si j'ai bien compris, tu bosses pour le bon Dieu et il te demande de tuer ses créatures. Normal. Il te paie combien pour ce boulot ?

— Je suis bénévole.

— T'es vraiment un bête type, toi ! Personne ne fait rien pour rien.

— Tu as bien tué des gens gratuitement, toi aussi...

— Oui, mais c'est parce qu'ils me cassaient les burnes. Si on me laisse tranquille, je fais rien. Faut juste pas me chercher des nouilles, c'est tout.

— Des noises, on dit.

— Et en plus, tu me fais chier avec ta grammaire ! Je suis belge et je cause comme je veux.

— Je suis venu pour te tuer. C'est ton heure. Tu as assez fait de dégâts comme ça, tu n'en fais qu'à ta tête, tu n'as aucune conscience morale, tu parles comme un charretier et en plus tu es vulgaire.

— Je traduis : j'ai du caractère, je suis nature, je ne me laisse pas marcher sur les orteils et mon langage est populaire.

— C'est sûr que t'es pas Hélène Carrère d'Encausse !

— C'est qui, celle-là ?

— Une académicienne. La mère de Marina. Une jolie blonde sympa qui cause à la télé.

— J'ai plus la télé. Pour en revenir à ton cas désespéré, t'es donc un tueur à gages, c'est bien ça ?

— Presque. Sauf que je ne touche rien. J'agis parce que c'est dans l'ordre des choses. Tout le monde doit mourir.

— Pas d'accord. C'est mal foutu, ton bazar. On devrait

pouvoir choisir. Moi, je veux juste pas souffrir. Quand je serai trop dans les patates, j'irai me taper un gueuleton chez IKEA, avec une petite « tarte à la merda » et si j'ai un peu de chance j'y passerai. J'suis pour l'anastasie.

— L'euthanasie.

— Tu sais que tu commences vraiment à me gonfler, toi, avec ton vocabulaire de Premier ministre ? Mais pour qui j'me prends ? T'es là à me critiquer et à me faire la morale et toi tu tues tous ceux que t'as envie, juste parce que c'est dans l'ordre des choses ! En tout cas, c'est pas toi qui auras ma peau et personne ne m'empêchera d'aller rejoindre Jean-Claude à Hollywood.

— C'est pas toi qui décides. C'est Dieu.

— Tu sais ce que tu vas lui dire, à ton patron ? Que je m'en bats les roustons.

— Faut rester polie avec le Divin. C'est sacré.

Mais c'est qui ce peï[1] *? M'en vais lui mettre une cartache à çui-là, qu'il va comprendre son bonheur.*

Sur ce, elle sortit son flingue de sa sacoche, freina d'un coup sec, se retourna et tira.

Puis elle extirpa sa lampe de poche de la boîte à gants et examina les dégâts. *Pourvu qu'il n'ait pas taché ma banquette !*

Mais il n'y avait personne assis à l'arrière.

Elle voulut boire un coup pour se remettre de ses émotions, pas de bol, sa bouteille de peket était vide. Enfer et damnation !

Elle redémarra sur les chapeaux de roue et crut apercevoir dans le rétroviseur une ombre qui la regardait s'éloigner en souriant.

1. Mec.

14

Quand le visiteur vit Bertine avec son couteau électrique à la main, il faillit remonter sur son vélo et pédaler à toute vitesse. Mais il n'avait pas fait tout ce chemin pour renoncer. Si près du but… Des années qu'il attendait ce moment !

— Qu'est-ce que vous voulez ? fit Bertine Pignet, la lame menaçante.

— Bonsoir, je m'appelle Félix.

— Je reçois pas. C'est mon jour de break.

— Oh, je n'en ai pas pour longtemps. Mais ce serait gentil de me laisser entrer.

— Je laisse pas entrer des étrangers ici sans rendez-vous, décréta Bertine.

— C'est-à-dire que… Je ne suis pas vraiment un étranger… Je viens voir mon père…

— Vot' père ? C'est un de mes clients, c'est ça ?

— Euh… Non, on m'a dit qu'il habitait ici. Il s'appelle Rémy. Rémy Pignet.

Bertine crut recevoir le plafond sur la tête, avec la cheminée et le père Noël dedans.

— C'est quoi, ce stûût[1] ?

---

1. Bazar.

— En fait, j'ai dû attendre que ma mère soit sur son lit de mort pour qu'elle m'avoue qu'elle m'avait eu avec l'homme qui lui avait revendu une Lada pourrie qu'il avait sauvée de la casse. Comme elle n'avait pas de pognon, il l'a sautée et je suis né.

— Joyeux Noël, Félix ! s'écria Bertine en brandissant le couteau électrique.

— Nooon ! Faites pas ça ! Je veux juste voir mon père et puis je m'en irai. Promis juré.

Et il cracha par terre.

Bertine Pignet eut soudain une idée de génie.

— Vous savez réparer une télé ?

— Oui, je suis le roi du bricolage.

— Alors entrez, fit-elle, soudain aimable.

Papy Lucien pouffa de rire en voyant le cycliste. Et, pour la première fois depuis des années, il lâcha :

— Poupou ?

— Qu'est-ce qu'il a dit ? s'étrangla Bertine.

— Il a dit : « Poupou ». C'est comme ça qu'on surnommait Poulidor. Je pense qu'il me confond avec lui…

— Ne le contrariez surtout pas, sinon il devient méchant. Oui, papy, c'est lui, assura la maîtresse de maison.

Là-dessus, le vieux se trémoussa dans son fauteuil et fut pris d'une quinte de toux telle que sa belle-fille crut qu'il allait rester dedans. Pas de bol, il en réchappa. Le canard était toujours vivant…

— Il est où, mon père ?

— D'abord la télé.

— Ah, je vois, la prise électrique a été sciée ! Comment c'est possible, ça ?

— C'est papy avec le couteau électrique.

— Mais c'est très dangereux de donner un tel engin à

un vieil homme qui n'a plus toute sa tête ! s'exclama le visiteur.

— C'est parce que avant, il était dans l'électroménager. Représentant chez Moulinex. Il adore le couteau électrique, ça lui rappelle son jeune temps. J'peux quand même pas le priver de ce petit plaisir. J'suis pas cruelle.

— N'empêche qu'il pourrait se blesser.

— Pensez bien, on attend que ça, nous autres.

— Hein ?

— Je plaisante, mentit Bertine. Alors, vous savez la réparer ma téloche ou pas ?

— Faut voir… Vous avez du fil électrique ?

— Sûrement. Mais va trouver ça dans tout ce bazar qu'il y a dans le garage !

— Bon, écoutez, y a la télé de ma mère chez moi. Je vous la donnerai. J'ai la mienne dans ma chambre.

— Dites, c'est une blague, l'histoire de vot'père, là…

— Non, j'ai la preuve ici, fit-il en extirpant une vieille photo de sa banane.

On y voyait le Rémy avec un bébé dans les bras et une inconnue à ses côtés.

— C'est qui, cette pute ?

— Ma mère. Et ne l'appelez pas comme ça, sinon je ne vous donne pas sa télé.

— Ah non ? Et comment t'appelles une femme qui couche avec ton mari, toi, hein ?

— Ah ! Vous êtes la femme de mon père ? Désolé, je pensais qu'il était célibataire et je vous ai prise pour sa sœur. Il a toujours raconté à ma mère qu'il n'était pas marié.

— Le porc ! Me faire ça à moi ! C'est dégueulasse. Quand les enfants vont apprendre ça !

— Ah, j'ai donc des frères et sœurs ?

— On a eu trois gamins. Sont pas tous de lui, mais c'est lui qui les a élevés. Enfin, si on peut appeler ça comme ça…

— J'aimerais tant les voir, fit Félix.

— Z'allez pas être déçu.

— Qu'est-ce qu'ils font ?

— Sont dans le business. Font des affaires.

— Ah ! Dans quel domaine ?

— L'herboristerie.

— Ça, c'est bien ! Moi je suis très bio, par exemple. Pour mon sport, y faut faire attention à sa santé. Je ne bois pas et je ne fume pas.

— Ben ça doit être gai chez toi, fieu ! Et sinon, c'est quoi, ton métier ?

— Horticulteur paysagiste.

— Quoi ça ?

— Je m'occupe des jardins.

— Oui, bon, tu tonds les pelouses, quoi.

— C'est un peu réducteur. J'ai quand même des clients célèbres !

— Ah oui ? Qui ça ?

— Je ne peux pas le dire. Secret professionnel. Bon, il est où, mon père ?

— Il est pas là. Il est mort. Bouffé par le chien.

— Mon Dieu, quelle horreur ! s'exclama Félix.

— Oui, pauvre bête. Il en a été malade pendant trois jours. Pensez bien, avec tout ce que l'autre crétin éclusait et clopait, ça ne sentait pas la Javel dans la tuyauterie ! Hein, mon Brutus ? Y veut une boulette à maman ?

Le chien fonça en remuant la queue. Boulette ! Mot magique. Et hop, il ouvrit sa grande gueule et engouffra la récompense. Depuis qu'il avait déchiqueté le toqué de la ceinture, sa maîtresse était aux petits soins avec lui. Et si le roi de la pédale avait l'intention de s'approcher d'elle, il lui ferait subir le même sort. Histoire d'avoir une double ration de boulettes.

15

Après l'épisode éprouvant qu'elle venait de vivre, Mémé Cornemuse s'arrêta au bord de la route pour fouiller dans le coffre où elle avait planqué quelques provisions chouravées dans un magasin. Elle prit une bouteille au hasard et s'en enfila une cascade dans les gorges du Tarn. Ç'avait un drôle de goût qu'elle assimila à du bouchon, mais peu importe, c'est pas en plein milieu des champs qu'il faut faire la fine bouche. Ragaillardie, elle emporta la boutange qu'elle cala sur le siège du passager près de Jean-Claude et redémarra, pompette certes, mais pleine d'une énergie à déplacer les monticules. Malgré un léger brouillard qui flottait autour d'elle, elle se sentait en super forme. Curieuse, elle prit sa lampe de poche et lut l'étiquette sur la bouteille : « Cric à bite ». Du rhum, du gingembre et quelques herbes mystérieuses… Un breuvage miracle : elle avait 20 ans et des culottes Petit Bateau qui voltigeaient dans sa tête. Elle avait toujours aimé le confort. Le string, c'était pas son truc. Soudain, elle entendit de nouveau la voix de l'autre crétin de fantôme qu'elle avait flingué sur la banquette arrière.

— J'ai parlé à Dieu et il te donne une dernière chance,

Cornemuse… Si tu ne veux pas mourir, tu dois accomplir une bonne action.

— Si t'as son numéro de tél, passe-le-moi, je veux lui dire deux mots, à çui-là, décréta la vieille.

— Il n'y a pas de téléphone là-haut.

— Ah bon ? C'est vraiment ringard au paradis. Moi, j'veux pas y aller.

— Le paradis, c'est plein de lumière et d'amour.

— Quelle plaie ! T'imagines, vivre éternellement avec des angelots qui bavent des paillettes sur un champ de marguerites ? Au bout de deux jours, j'aurais envie de les zigouiller.

— Tu préfères aller en enfer ?

— Un peu mon n'veu ! Les murges et les partouzes, c'est plus fun. Tant qu'à se taper l'éternité, autant pas s'emmerder.

— Ça ne se passe pas comme ça, assura la voix rauque.

On aurait dit qu'il avait fumé un paquet de gauloises.

— Tu veux une Valda ? J'ai une vieille boîte qui traîne dans mon cabas. L'ai piquée à mon grand-père quand j'étais gamine.

— Non merci. Je ne bois pas et je ne mange pas.

— Ben c'est gai, ta life !

— Je réitère ma proposition : si tu veux vivre, il faudra accomplir une bonne action.

— Je ne fais que ça ! Il est scié, l'aut' là-haut ! Tiens ben quand j'étais concierge, j'ai aidé une locataire en faisant disparaître le cadavre de son connard de mari dans la chaudière. Pas bien ça, peut-être ? En plus, ça pollue moins que du fioul. Elle m'est reconnaissante jusqu'à la fin de ses jours. Et quand je braque des banques, je ne fais que voler des voleurs. J'vois pas où est le mal.

— Pense aux pauvres gens qui n'ont plus d'argent sur leur compte pour manger !

— Déjà si tu planques ton pognon à la banque, c'est que t'es pas pauvre et en plus, l'assurance rembourse. Alors hein…

— Tu as réponse à tout et très bonne conscience, je vois. On ne doute de rien ! Et quand tu as abandonné ton fils dans un vieux gilet, tu n'as eu aucun remords ?

— Non. Tu me vois élever un gamin ?

— Euh… Non.

— Eh ben voilà. Maintenant dégage, Ghostbuster, tu me pompes le haricot avec ta morale de Prisunic.

— Je ne m'en irai que si tu me promets d'accomplir une bonne action. Une vraie, dans le sens des valeurs humaines.

— Oué, bon ça va, casse-toi maintenant ! Du balai !

Elle regarda dans le rétroviseur. Personne. Soit elle avait eu la berlue, merci le cric à bite, soit Dieu existait vraiment, va savoir puisque personne n'est jamais revenu pour te dire le contraire, et dans ce cas, elle avait intérêt à tenir sa promesse. *Purée, dans quoi j'me suis encore fourrée ?*

Elle tâta du goulot comme un veau tète sa mère. Le breuvage miraculeux coulait dans ses veines, tel un élixir de jouvence. Elle n'était plus Mémé Cornemuse, mais Cendrillon virevoltant dans les bras du Prince charmant, qui avait la gueule de JCVD. Et sa camionnette pourrie avait été transformée en Rolls-Royce. La vie est belle au pays des poivrots, mais gare au réveil…

C'est en traversant le pont de Tancarville qu'elle vit l'occasion d'accomplir sa bonne action. Il était là, le pauvre bougre, debout sur le parapet, prêt à se jeter dans le fleuve. Ni une ni deux, Cornemuse stoppa net et bondit au secours du désespéré. Quand il l'aperçut, il sauta.

16

Après un vague moment d'hésitation, elle sauta elle aussi, persuadée d'être Esther Williams. Sauf que sans sa bouée canard, elle ne pouvait que barboter. Par chance, le bougre flottait grâce à sa doudoune en polyuréthane hydrophobe, avec capuche amovible, dernier cri. Elle agita tant et si bien les bras pour ne pas couler, s'agrippant à l'anorak du gaillard, qu'aidés par le courant, ils se retrouvèrent sur la berge. Ouf !

Comme Mémé Cornemuse avait le souci du travail bien accompli, elle entreprit de faire du bouche à bouche au mâle qui gisait à ses pieds. Autrement dit, elle lui fila un patin. Il poussa un cri et se redressa d'un coup. Efficace !

L'homme ouvrit ses quinquets, tentant d'apercevoir le visage de celle qui avait changé son destin, en vain. Il faisait noir et il avait de la flotte dans les yeux. Heureusement pour lui.

Agenouillée, regardant le ciel, la vieille cria :

— Voilà, mission accomplie, maintenant tu me lâches les baskets.

— Vous parlez à qui, là ?

— À Dieu.

Une illuminée ! pensa le rescapé. Il avait devant lui Bernadette Soubirous qui semblait revenir de la grotte de Lourdes.

— Pourquoi vous m'avez sauvé ?

— Mission divine.

— Mais j'vous ai rien demandé, moi ! Je voulais mourir et vous avez tout fait foirer.

— J'ai accompli une bonne action. La vie est belle.

— Ah bon ? La vie est un tas de merde et si tu marches dedans avec le pied droit, tu t'y enfonces, si c'est du pied gauche, t'as du bol. Moi j'suis né avec deux pieds droits.

Fallait que j'tombe sur un philosophe ! Bien ma veine, tiens.

— Bon, j'ai pas que ça à faire, j'ai de la route.

— Vous ne me demandez pas pourquoi j'ai voulu mourir ?

— M'en fous.

— Eh bien je vais vous le dire quand même : j'ai violé ma sœur après avoir tué mon père, ma mère, mes frères…

— *Z'et mes sœurs, oh, oh, ce serait le bonheur !*

— Et ça vous fait rire ? s'étrangla le gaillard.

— Xcuzy, pas pu m'en empêcher…

— Ma sœur avait 12 ans. Après l'avoir violée, je l'ai découpée en rondelles et j'ai fourré les morceaux dans un sac-poubelle que j'ai déposé devant le perron du voisin pour le faire accuser de meurtre, parce qu'il m'énervait à scier son bois le dimanche.

— Z'avez eu raison. Faut respecter la tranquillité de ses concitoyens.

— Puis j'ai décapité ma mère et j'ai posé sa tête sur le buffet.

— Ça devait être décoratif ! Enfin, ça dépend de ce qu'il y a autour. Faut pas mettre un vase à côté, ça fait trop massif. Faut alléger avec des statuettes phosphorescentes. C'est joli la nuit.

— Ensuite, j'ai joué aux fléchettes et je m'amusais à viser ses yeux.

— Et t'as réussi ?

— Oui.

— Bravo, gamin ! s'exclama Cornemuse. T'es un champion.

— Quant à mon père, je lui ai coupé le sifflet que j'ai embroché et mis au four.

— Tu l'as mangé au moins ? Faut pas gaspiller la nourriture, assura la vieille qui avait quand même quelques principes, on n'est pas des sauvages !

— Non, je l'ai donné au chien.

— J'espère qu'il n'a pas été malade, pauv' bête ! Pourquoi t'as fait ça ?

Cornemuse n'aimait pas les enfants ni les animaux, mais elle avait une certaine compassion pour les chiens depuis qu'elle en avait connu un qui lui rapportait des pétards, quand elle créchait au-dessus de chez un junkie.

— J'ai fait ça parce que mon père nous pourrissait la vie. Il n'écoutait que des CD d'Annie Cordy et mettait le son à fond la caisse du matin au soir. L'était chômeur, il disait que ça lui redonnait la patate, ce con.

— QUOI ÇA ? hurla la vieille. T'as zigouillé un fan d'Annie Cordy !!!

Elle le regarda droit dans les yeux. Les siens lançaient des éclairs.

— Aidez-moi à me relever, je crois que j'ai une entorse.

Un peu que je vais t'aider, enflure ! Cornemuse se posta derrière lui et, d'un coup de tatane, l'envoya valdinguer dans la Seine. Au revoir, Berthe.

17

Félix tint sa promesse et revint en bagnole avec la télé de sa mère et son vélo sur le toit, car il ne s'en séparait jamais. C'était son doudou et il dormait avec au pied de son lit. Ce jour-là, il fut accueilli comme le messie. Sans couteau électrique. C'est là qu'il fit la rencontre mémorable de ses trois frères. Moment très émouvant, surtout pour le cycliste qui, malgré ses aptitudes sportives, cachait un cœur de guimauve et pleurait quand il regardait les sprints aux Tours de France.

Bertine avait prévenu ses fistons qu'une surprise les attendait à la maison. N'ayant pas précisé la nature de la surprise, ils crurent que c'était le débarquement de la télé.

— Elle est pourrave, cette téloche ! Z'auriez pu nous amener un écran plat. C'est quoi, c't'arnaque ? grogna l'aîné.

— Elle marche très bien, assura le cycliste. Elle a appartenu à ma mère et…

— Félix nous l'offre de bon cœur, dit Bertine.

— Manquerait plus qu'ça ! Tu veux dire qu'il se débarrasse de ses merdes, oué !

— Ne parlez pas comme ça à votre frère.

Ça y est ! Le mot était lâché. Le piment dans le potage, la bombe dans la soute à bagages. Les trois glandeurs lancèrent un regard d'acier à cet intrus qui venait de tomber du plafond avec sa télé de chez Mickey.

— C'est qui, ce baltringue ? s'étrangla l'aîné.

— C'est Félix. Votre salaud de père m'a trompée avec une pouffiasse et voilà le résultat.

— Dites donc, s'insurgea Félix, arrêtez de traiter ma mère, sinon je repars avec ma télé.

— Désolée, c'est pas contre vous. C'est pas votre faute si mon crétin de mari est allé tremper sa nouille dans le fumier. Une rose en est éclose, fit-elle, soudain lyrique, pour pas que l'autre bâtard se casse avec la télé.

La retransmission de la cérémonie royale était pour demain. Et elle ne voulait rater ça pour rien au monde ! Les mariages princiers et les défilés militaires n'avaient aucun secret pour elle.

Le cycliste se radoucit. En fait, il n'avait jamais vu d'aussi gros nibards et tant de générosité le troublait.

Bertine Pignet fit la présentation de sa marmaille. Elle commença par l'aîné.

— Lui, c'est Paic, dit-elle en désignant le grand rouquin aux dents jaunes, avec un anneau dans l'oreille droite.

— Oh, comme Gregory Peck ?

— Non, comme Paic Citron, fit-il. La mère en a avalé quand elle était en cloque de moi, pour me faire gicler. Pas de bol, je m'suis accroché !

— J'étais tombée raide d'un danseur de tango qui faisait des claquettes, expliqua Bertine. Puis il s'est cassé avec mon porte-monnaie et de rage, j'ai voulu faire disparaître son mouflet.

— Et moi, c'est Ding Dong, fit le cadet de la bande.

Genre rollmops avec un bâtonnet dans le cul, l'œil mou et la bouche baveuse. L'air benêt. Averell dans les Dalton.

— Not' mère a craqué pour un joueur de flûte des Andes, avec un bonnet péruvien, expliqua Paic. Mais il s'est cassé le jour où elle a accouché. Alors de rage, elle a tapé le mouflet au mur et il est devenu zinzin. Hein, Ding Dong ? Allô ? Dites son nom, z'allez voir…

— Ding Dong, répéta Félix.

— Y a personne, répondit la grande asperge en rigolant.

Ah ça, on s'amusait bien dans cette famille ! De la haute voltige…

Enfin, Bertine lui présenta Phil, son chouchou, dont le prénom lui avait été inspiré par la laine Phildar, vu qu'elle avait tenté d'avorter dans ses cabinets à l'aide d'aiguilles à tricoter. Numéro 6. Mais là aussi, il s'était accroché aux mailles. Était-ce à cause de cela qu'il ressemblait à une chaussette trouée ?

On fêta cette rencontre au sommet en éclusant du mauvais pinard. Toute façon, du moment qu'on a l'ivresse… Les frangins passèrent le reste de la soirée à tirer sur des pétards pendant que le Félix, pas habitué à picoler, piquait du nez dans le décolleté de sa belle-doche en toussant comme un bœuf, parce qu'il ne supportait pas la fumée. Les trois frères sortirent pisser de concert, prirent leur temps et rentrèrent au bercail, le sourire aux lèvres.

Heureux d'avoir trouvé une vraie famille, Félix rentra chez lui, envahi d'un immense sentiment d'amour, sans se rendre compte qu'on avait démonté les roues de son vélo, attaché sur le toit de sa bagnole.

Collés à la fenêtre, les trois frangins le regardèrent partir en lui faisant un petit signe de la main. Trop mignons !

18

Le cœur léger et la conscience tranquille, après avoir accompli sa bonne action, Mémé Cornemuse reprit le volant de sa carriole direction Le Havre. Et hop ! Un p'tit coup de peket pour la route… Au bout de quelques kilomètres à zigzaguer, l'autre truffe d'ectoplasme fit sa réapparition sur la banquette arrière.

— Dieu n'est pas content.

— Quoi ça ? éructa la vieille. Mais qu'est-ce qu'il lui faut, à ce zievereir[1] ?

— Une bonne action.

— Eh ben, c'est ce que j'ai fait !

— Ah tu trouves, toi, que sauver un gars pour le rebalancer dans la flotte après, c'est une bonne action ?

— C'était un criminel.

— C'est pas pour ça que tu l'as renvoyé dans le fleuve…

— Ben oui, assura la vieille sans sourciller, c'est bien ce que j'ai dit : c'est criminel de ne pas aimer Annie Cordy.

— Tu as une drôle de conception du crime ! En plus, tu n'as pas à juger tes semblables.

1. Un qu'est pas gâté par la nature.

— J'ai pas de semblables. Personne ne me ressemble.

— Effectivement… et heureusement d'ailleurs ! Bon, Dieu est miséricordieux et il t'accorde son pardon pour un moment.

— Il demande combien ?

— Rien, c'est gratuit.

— L'a pas le sens des affaires.

— Dieu est Amour.

— Saucisses et arsenic…

— Quoi ça ?

— C'est le titre d'une pièce de théâtre wallon : *Amour, saucisses et arsenic*[1], un classique. Je trouve que ça va bien ensemble. D'abord t'es amoureux, puis après les plaisirs du cul qui ne durent pas longtemps, tu passes à ceux de la bouffe et enfin, t'as envie d'empoisonner l'autre.

— Sauf que Dieu n'a pas besoin de sexe, ni de nourriture, voilà pourquoi il n'a pas d'envies de meurtres, décréta la camarde.

— Dis, si t'es venu me casser les breloques, débarque !

Cornemuse freina sec et ouvrit la portière arrière en gueulant : « Casse-toi, pauv' con », la devise d'un politicien bien connu.

Plus personne sur la banquette arrière, ni dans le rétroviseur. Apparemment, le fantôme avait disparu, bon débarras et ma tante Gilberte au Katanga.

Mémé Cornemuse mit le turbot. La nuit est à nous !

---

1. André Hancre.

19

De retour chez lui, toujours entouré d'un nuage rose *peace and love, life is beautiful*, Félix était tellement beurré que pour la première fois de sa vie, il oublia de détacher son vélo du toit de la voiture et dormit dans le canapé de sa mère, en bavant sur le napperon crocheté main. Ce n'est donc que le lendemain midi qu'il se rendit compte de son crime : son vélo était resté dehors, tout seul, pendant toute la nuit. L'horreur !

Il se précipita dans la cour et poussa un cri plus déchirant qu'une baleine à qui on enlève ses petits. Fifi – c'est ainsi qu'il avait surnommé sa merveille – avait été mutilé ! Il en pleura. Son vélo, c'est tout ce qui lui restait. Cadeau de sa maman pour ses 18 ans. Elle s'était crevée à faire des ménages pour offrir ça à son fils. Respect.

Vu que Fifi avait passé la nuit dehors, Félix mit cet acte atroce sur le compte d'un voisin jaloux. Ah ça, ils allaient payer, tous ces cons !

Depuis près de dix ans qu'il habitait le quartier, il s'était contenté de hocher la tête en guise de bonjour. Sa mère l'avait tout de suite mis en garde. *Ne te fie à personne. Tous des menteurs ! Les gens sont méchants et envieux. Ne parle pas aux étrangers. Si t'as quelque chose à dire, dis-le à ta mère et à personne d'autre.*

Jusqu'au jour où il était tombé amoureux de la fille du marchand de glaces qui habitait deux maisons plus loin. Une belle plante, avec des formes avenantes et de longs cheveux blonds. Il en avait parlé à sa mère, qui l'avait prévenu : *Touche pas à ça, c'est que de la misère. Elle va t'embobiner et puis elle te jettera comme un sale mouchoir. Toutes des biques !*

Trop excité pour écouter les conseils de maman, il avait désobéi. Et était allé parler à sa princesse. Le soir même, elle l'invitait à la rejoindre dans une boîte de nuit à Zeebrugge. Félix s'était éclipsé par la fenêtre de sa chambre, pédalant chevelure au vent, et le cœur plein de rêves. Arrivé là-bas, elle le regarda à peine. Elle avait les yeux dans le vague et se trémoussait avec une bande de ploucs devant une table remplie de verres de whisky. En prime, ils s'étaient tous foutus de sa gueule, avec ses pinces à vélo et son casque sur la tête. Lui trouvait ça bien plus élégant que leurs T-shirts pourraves et que leur look ringard de rockers.

— Hé, le roi de la pédale, tu nous paies un verre ?

Ils étaient hilares, ces crétins. Félix s'en alla, la queue entre les jantes, *like a poor lonesome cow-boy*. Et il rentra chez lui en se jurant de ne plus jamais désobéir à maman.

20

Il faisait nuit quand Mémé Cornemuse arriva au port du Havre. Elle gara sa camionnette devant le bar Chez Marie-Louise, situé dans le quartier populaire de l'Eure, et y entra. Elle avait toujours aimé les ambiances glauques, les odeurs de tabac qui flottent dans l'air moite et les endroits de perdition où les âmes sont en guenilles. Les marins perdus sans colliers, ces passagers de la pluie, étaient pour elle des enfants du diable. Les seuls qu'elle aimait. Elle n'avait jamais été jolie, mais s'était sentie belle, un soir d'amour avec un inconnu qui en avait fait sa Lola, au temps où elle tapinait et, contrairement à la plupart de ses « collègues », adorait ça.

Cornemuse repéra un appétissant petit matelot accoudé au zinc comme à un bastingage en pleine tempête. Il n'en était visiblement pas à sa première bière et éclusait droit comme un I dont le point était le pompon rouge de son bonnet. Elle passa sa main dans ce qu'il lui restait de poils sur le caillou, histoire de donner un peu de volume à sa chevelure miteuse, et s'approcha de sa proie. La vache ! C'était Jacques Perrin dans *Les Demoiselles de Rochefort*. Et prise d'une bouffée soudaine de lyrisme, la vieille se mit à chanter :

Je l'ai cherchée partout
J'ai fait le tour du monde
De Manille à Java... Tralala
Je ne l'ai pas trouvée
Et je la cherche encore !

— Ben me voilà, Maxence, cherche plus ton idéal féminin, tu l'as devant toi.

Le marin la toisa d'un œil torve, son cœur était comme une cerise dans l'alcool, anesthésié.

— J'm'appelle pas Maxence.

— Pour moi si. Casse pas mes rêves.

— C'est qui, ce mec ?

— T'as pas vu les films de Jacques Demy ?

— Le seul demi que j'connaisse, il est sur le comptoir.

— Pff ! J'te jure ! Et t'oses encore respirer mon air ? grogna Mémé Cornemuse, déçue par tant d'inculture. Jacques, c'était le mari d'Agnès Valda, comme les pastilles. Tu vois pas non plus de qui j'cause ?

— Non.

— Mais si ! C'est celle qu'on dirait qu'elle a une tonsure de moine, pasqu'elle n'a plus assez de pognon pour se faire des teintures, alors elle ne teint que le bas.

— J'vois pas et je m'en tape, avoua le matelot.

— Voilà ! fit-elle en prenant la patronne à partie. On s'esquinte à essayer d'apporter un peu de culture au petit peuple et il s'en fout.

— J'suis pas ici pour me cultiver mais pour me détendre. J'ai des dures journées sur le bateau à cause de tous ces touristes qui font des croisières avec bobonne et en plus, je dois me déguiser en tapette.

— Moi je te trouve très mignon, avec ton p'tit col marin, assura la vieille.

— Ta gueule.

Il n'était visiblement pas d'humeur. Histoire de le remettre sur un nuage rose afin de pouvoir en profiter après, Cornemuse lui paya une bière, ce qui le rendit tout de suite plus aimable.

— Jacquotte, tape-m'en une aussi ! fit une voix rauque qui surgit du fond du bar. Madame, j'ai entendu votre conversation... Vous qui aimez le cinéma, savez-vous qu'on a tourné deux films dans cet endroit ? Dont *Le Havre* de Kaurismäki dans lequel j'ai joué.

— Waouh ! J'ai une vedette en face de moi alors ?

— Je ne dirais pas ça... Mon vrai métier est musicien. J'ai deux groupes de rock et je m'appelle Little Bob.

Cornemuse le renifla et le trouva un peu vieux pour elle. Mais il avait une sacrée gueule, mi-femme, mi-homme, avec une chevelure à faire reluire les pompes.

— Chantée, dit-elle en lui tendant sa paluche, façon dame du monde, pour qu'il la baise.

Mais le loubard se contenta de trinquer avec elle. Les salamalecs de la bourgeoisie, c'était pas son truc.

— C'est quoi, votre musique ?

— Le rock et le blues. Mon groupe s'appelle Little Bob Blues Bastards.

— J'sais pas ce que ça veut dire, mais ça m'a l'air grunge.

— Je vois que vous êtes une connaisseuse... Depuis toujours, le blues me possède. J'aime les pavés mouillés, crades, le ciel gris, le vent qui coupe les oreilles. Jean-Bernard Pouy, un ami écrivain de polars, dit de moi que je suis un Indien métropolitain. Je me suis toujours battu pour la planète et la loyauté.

— Comme moi, affirma Cornemuse avec un aplomb qui ne laissait aucun doute.

— Vous voulez que je vous chante un morceau ?

— Oui. « La Bonne du curé », d'Annie Cordy.

Le rocker la regarda avec des yeux comme des capsules et repartit penaud dans son coin, pour boire son verre en pensant à la misère du monde.

Frustrée, Cornemuse ouvrit son cabas et le sniffa comme s'il contenait un kilo de coke.

— Qu'est-ce que vous faites ? s'étonna Jacquotte, la patronne.

— Je suis belge. J'ai le mal du pays.

— Ah ! Et y a quoi dans votre sac ?

— Une frite. Chaque fois que j'suis en manque, je la renifle. Ça me rappelle mon enfance. C'est ma madeleine de Proust.

Sur ces grandes envolées littéraires, la patronne mit sa tournée et le marin en retapa une et ainsi de suite jusqu'à la der des ders qui n'est jamais que la première d'une longue série de plusieurs épisodes, jusqu'à la saison 5 et 6.

Lorsqu'il fut bien à point, Mémé Cornemuse le suivit jusqu'aux toilettes où elle lui suça le pompon à faire rugir les pattes d'éléphant de son froc qui flottait sur ses chaussettes, telle une épave en perdition. Une fois que la chaloupe fut à la mer, on passa aux choses sérieuses.

— Je cherche un rafiot pour m'emmener à Hollywood, lui confia sa bienfaitrice, en lui agitant un bifton devant le hublot.

Il le saisit et lui assura qu'elle avait du bol, que c'était justement là que son bateau allait.

— Super ! Quand est-ce qu'on embarque ?

— Dans une demi-heure.

— Parfait, ça nous laisse encore le temps de tirer un coup.

— Suis fatigué…

— Pff, quelle petite santé ! Les matelots ne sont plus ce qu'ils étaient. J'en ai connu qui lançaient le flotteur plusieurs fois de suite. Bon, tant pis, fit la vieille, déçue.

Et elle remit son dentier qu'elle avait rangé dans son cabas.

Après quelques bières, ils se rendirent sur le rafiot, le *Nautilus*, genre bateau-mouche en plus costaud pour attrape-touristes. Elle abandonna son fritkot sur les quais, en souvenir de Marlon Brando. *Si on veut avancer dans la life, les souvenirs, c'est comme les épaves, faut toujours les laisser derrière soi.*

21

Le ferry ressemblait à un gâteau de chez Ladurée, pimpant et m'as-tu-vu, pour péquenots qui veulent se la péter. Et Cornemuse faisait figure de cacahuète avariée avec ses grolles de basketteuse de banlieue et son paletot miteux imprégné de « Senteur des pinèdes ». N'empêche qu'elle venait de pomper un bel échantillon d'eau douce ! Y en a qui, même avec un cul-terreux, peuvent s'asseoir dans un plat de brocolis.

— J'vais vous installer dans une cabine, fit le marin.

— Cool !

— C'est cent cinquante euros la nuit.

— Hein ? Ça va pas, non ?

— Et encore, c'est un prix d'ami. Soyez déjà bien contente que je vous trouve une place, car tout est full complet.

— De un, j'vois pas pourquoi tu me vouvoies alors que je viens de te bétonner la soute à bagages avec ramonage gratuit, et de deux, j'ai pas de pognon à dépenser dans des croisières de bourrins.

— Bon… J'vais voir ce que j'peux faire, assura le marin qui n'en menait pas large. Tu sais cuisiner ?

— Moi ? Mais je suis la perlouze des fourneaux, la

reine de la sauce Bibiche et du gaspacho d'andouillettes Grand Veneur ! Romeyer a voulu se suicider quand j'ai quitté son resto.

— Bon... Attends-moi ici.

Un quart d'heure plus tard, après avoir dégueulé pardessus bord, il revint des cuisines avec une bonne nouvelle : la vieille était embauchée !

— On manque de personnel, y a quelqu'un qu'est malade. Le chef t'attend.

— Mmm... J'aurais préféré être passager clandestin. Suis allergique au boulot, ça me donne de l'acné.

— Pas possible ici, assura le marin. On va te repérer tout de suite. Tu ne corresponds pas au profil.

— Ouais, t'as raison. Je suis sans doute trop chic pour avoir l'air d'un blaireau.

Il s'abstint de tout commentaire et amena son invitée dans les cuisines. La tête du chef s'allongea de trois miles quand il vit arriver la nouvelle recrue.

— Dis donc, fiston, murmura-t-il au matelot, tu l'as trouvée dans une décharge, celle-là ?

— Elle fait bien à manger, c'est ce qui compte.

— Vous avez des compétences ? demanda le chef en s'adressant à Cornemuse qui était en train de se curer l'oreille avec la pointe d'un couteau.

— Oui, je suce divinement, assura-t-elle en lorgnant vers le marin, devenu aussi rouge que son pompon.

— Je parle de compétences culinaires, grogna le chef. J'ai pas besoin de mariolles ici.

— Mon cher, à ce niveau-là, ce ne sont plus des compétences, mais du génie visant à sublimer les papilles ! Ma spécialité, c'est la moule farcie à l'émincé de boulgour nappée d'un coulis de sauce Knorr. Mais je préfère servir les clients. J'aime pas sentir la graisse à frites. J'ai donné.

— Ah non, ça c'est pas possible, vous allez les faire fuir ! affirma le chef. Allez hop, vous irez à la plonge.

— Vous n'avez pas de lave-vaisselle ? s'étonna Mémé Cornemuse. Et ça se dit moderne au top de la tendance ?

— Si, mais au rythme où ça va, faut aussi faire une partie à la main et essuyer les verres, c'est plus propre.

— Les gens ne voient pas ça. Sont beurrés.

— Écoutez, vous commencez à me gonfler ! Vous faites ce que je vous dis ou vous dégagez, vu ?

C'est bien parce qu'elle était motivée pour aller à Hollywood qu'elle mordit sur sa chique. Ce Robot Moulinex n'allait pas lui pourrir la vie longtemps. Une fois le bateau en mer, les requins allaient se régaler !

22

Félix faisait maintenant partie de la famille, d'autant qu'il ne venait jamais les mains vides. Une fois, il apportait une caisse de pinard, don d'un de ses clients pour avoir bien taillé les haies, une autre fois, c'était un lot de DVD avec Steven Seagal généreusement offert par les parents d'une star chez qui il tondait régulièrement la pelouse.

Bertine l'attendait comme le messie, tout juste si elle ne lui réclamait pas le cadeau avant qu'il entre. Ainsi, il passait tous ses dimanches chez les Pignet, à regarder la télé avec sa belle-mère, pendant que le vieux faisait le guet à la fenêtre, cramponné à son fusil de chasse, depuis qu'il avait appris l'arrivée d'un cirque dans la région. Papy Lucien détestait les saltimbanques. *Tous des voleurs de poules !* Si l'un d'eux s'avisait de s'approcher du tas de ferrailles qui s'amoncelait dans la cour, pan !

C'est comme ça qu'il tua un des clients de Bertine, le confondant avec un gars du voyage. Marcel Boulier, employé aux PTT, avait à la décharge du papy un teint un peu bronzé et des cheveux crépus, signe manifeste qu'il n'avait pas été conçu au son de la *Brabançonne* ou de *La Marseillaise*. On fit disparaître son corps dans la broyeuse à métaux, ni vu ni connu, salut l'artiste. Personne ne vint fouiner dans les parages. La femme de Marcel ne porta pas plainte. Elle avait un amant.

23

— Mamadou ! Il est prêt, le coquelet aux petits légumes ?

— Ji m'active, chef, ji m'active… Mais y a plus d'assiettes propres.

— Comment ça ? Putain, retourne dans ton bananier si t'es pas capable de gérer ça ! J'dois tout faire ici, bordel ! Cornemuse ! Qu'est-ce que vous foutez ?

Pas de réponse. Le chef fonça dans l'arrière-cuisine où se trouvait la plonge et, à sa grande stupéfaction, vit un attroupement hilare autour de la vieille qui était postée devant le lave-vaisselle. Ils regardaient tous ça comme si c'était un film comique à la télé. Curieux, il s'approcha. Les rires cessèrent immédiatement. Planté parmi les couverts, un gros gode rose jambon semblait le narguer.

Fou furieux, le chef poussa une gueulante.

— Qui a fait ça ?

— J'sais pas, mentit la vieille. Quand j'ai ouvert la porte, c'était là. Sans doute une cliente qui voulait rafraîchir son doudou ?

— Vous vous foutez de moi, ou quoi ? Personne à part le personnel ne peut entrer ici.

— En tout cas, c'est pas à moi, affirma Cornemuse. Le mien est en fourrure, ça tient plus chaud l'hiver.

Éclats de rire. Pas du tout au goût du chef qui avait autant d'humour qu'un pot de chambre sous la pluie.

— Vous la vieille, vous avez de la chance qu'on est en mer car je vous débarquerais vite fait. Et si vous étiez plus jeune, je vous jetterais par-dessus bord.

— J'sais pas nager.

— Justement.

— Le gode, on pourrait l'utiliser pour nettoyer les fonds de verre, avec un chiffon collé au bout, suggéra Cornemuse.

Les autres n'en pouvaient plus. En voilà au moins une qui n'avait pas froid aux yeux et tenait tête à ce connard de cuistot raciste et mal luné. Ils étaient franchement admiratifs. Sentant son heure de gloire arriver, la vieille en remit une couche :

— Ou alors, je vous l'offre de bon cœur, parce que avec votre sale tronche de cake et votre caractère de cochon, vous ne devez pas baiser souvent. Ça vous servira pour vos nuits solitaires. En plus, il est tout propre. Regardez comme il blinque ! Offrir un gode à un maître-queux, avouez que c'est de circonstance...

Le chef était devenu cramoisi. On aurait dit qu'il venait d'avaler une arête ! La vieille était satisfaite. Le homard était ébouillanté. Il ne restait plus qu'à lui arracher les pattes...

Le premier jour de Mémé Cornemuse sur le ferry fut donc mémorable et, on peut le dire sans jeu de mots foireux, marqua les annales. Ayant perdu un brin de sa sacro-sainte autorité, le chef n'avait plus qu'un but : lui pourrir la vie. Mais il ne soupçonnait pas à qui il avait affaire. Une bombe. Et pas que sexuelle. Une vraie bombe à retardement, contenant tous les pesticides de la planète, y compris les déchets nucléaires de Fukushima. Fallait juste pas la contrarier ni l'emmerder. Mais là, il venait de la dégoupiller. Trop tard !

Le lendemain, le grincheux fit payer sa déchéance à toute l'équipe. Ah, ça, ils allaient voir qui dirigeait ici ! Mamadou trinqua le premier, parce que le chef n'aimait pas les gens de couleur. D'ailleurs un blanc d'œuf s'il n'est pas séparé du jaune, tu ne peux pas le battre en neige. Logique. Et lui, l'être supérieur, blanc comme un lavabo récuré, il partait du principe que chacun dans son pays et Chita dans sa jungle. Un vrai connard dans toute sa splendeur, avec son cul en boutonnière. Un beau spécimen casseur de pédés et bouffeur de petits bonheurs du jour.

— Hé, toi, le niacoué, magne-toi le croupion, le client de la 12 attend son coulis.

Fort du bon exemple que Cornemuse leur avait montré la veille, ils avaient tous décidé de se rebeller et Xiang Zi Cheng envoya valdinguer le coulis sur les godasses reluisantes du chef.

— *Sorry*, patron, j' l'ai pas fait ixprès.

Après le repas du soir, quand tout le monde fut parti, le chef décida d'avoir une conversation avec la vieille qui avait foutu la pagaille dans son jardinet. Il savait qu'après la plonge, elle traînait du côté du frigo, histoire de se taper quelques bouteilles de rosé ; il l'avait vue le goulot dans le gosier la veille. Il fallait qu'il adopte une stratégie. D'abord jouer au patron compréhensif qui a du respect pour les personnes âgées. Ne pas oublier non plus qu'à cet âge, on n'a plus toutes ses billes. Et ensuite, il verrait bien selon la tournure des événements.

Il harponna donc Mémé Cornemuse avant qu'elle ne file vers sa cabine.

— Faut que je vous parle. Parfois, une petite conversation amicale peut rétablir la bonne entente au sein de l'équipe.

Il avait suivi des coachings de psychologie relationnelle et s'en félicitait.

— Oué, qu'est-ce tu veux, troufion ?

Il s'attendait à ne pas être accueilli à bras ouverts et, sans se départir de son self-control pour une fois, répliqua calmement que son plus cher désir était d'apaiser les esprits.

— Encore faut-il en avoir !

— Écoutez, madame Cornemuse, nous avons une longue croisière à faire, je n'ai personne pour vous remplacer, donc tâchons que tout cela se passe dans la joie et l'harmonie.

Comme c'est mignon ! Peter Pan astique le crochet du capitaine, Petzi encule Pinkie Pie. Pas dupe, la vieille était encore plus sur ses gardes quand on la baladait dans le beurre. Elle avait vu *Le Dernier Tango à Paris*.

— Allez droit au but, j'ai pas de temps à perdre, y a un marin qui m'attend dans ma cabine et j'vais lui chanter « Maman les p'tits bateaux » avant de jouer avec son p'tit canard.

Fallait s'accrocher au bastingage avec elle ! À court d'arguments, le chef lui tendit la main, histoire de faire la paix.

Elle la regarda comme si elle contenait un caca de pigeon et lui tourna le dos.

Fumasse qu'elle refuse le calumet de la paix, le chef l'attrapa par le col de sa blouse et brancha son regard en mode Bioman, dis-moi pourquoi tous les méchants veulent s'emparer des forces de la terre, allô docteur Mad, je monte dans mon Bio-dragon et je vais tuer l'ennemi grâce à ma force jaune. Paf ! le coup partit.

Sauf qu'il venait de la vieille, plus subtile que le grand Biocon. Avec les bagouzes qu'elle avait chouravées à quelques passagères, la mémé était devenue la spécialiste du coup de poing américain. Toute façon, elle kiffait Obama.

Étalé comme une crêpe normande, le Bioschtroumpf !

— Un trou du cul reste un trou du cul, même avec des fleurs autour, décréta la vieille.

Elle l'acheva avec le couteau de boucher et, d'un coup de savate, envoya sa tête valdinguer sur le carrelage. Ouais, bon… et maintenant ?

Elle se mit à chanter du Annie Cordy pour se donner du cœur à l'ouvrage.

Cornemuse se servit de ses aptitudes culinaires pour dépecer le gigot. D'abord les bras, puis les jambes. Quant aux parties génitales, elle les glissa dans un bocal à stériliser qu'elle planqua au frigo, derrière un fatras de victuailles. Elle avait sa petite idée. Pour agrémenter les abats, rien de meilleur !

Trimballer le dépecé jusque sur le pont et le balancer par-dessus bord, ça n'allait pas être de la tarte. Avec tous ces péquenots qui traînaient le soir au clair de lune pour contempler les vagues et se prenaient pour DiCaprio sur le *Titanic*, c'était trop risqué. Puis, même s'il était en kit, l'était plutôt lourd, le gaillard. Elle décida de le faire disparaître morceau par morceau dans la cuisinière. Comme Landru. Un brave gars, çui-là. Ah, ça, il en avait fait rêver plus d'une, c'est sûr ! Et quoi de plus merveilleux que de donner un peu d'espoir à ces pauvres créatures destinées à devenir les femmes de ménage de leur mari ?

Une fois le Biopetzouille dans le four, elle referma le clapet et mit le thermostat au maximum. Comme pour un rôti bien cuit, croustillant sous la dent. C'est sûr que si elle avait été invitée à *Top Chef*, elle aurait fait péter l'audience !

24

Malgré les tentatives des frangins pour le faire picoler et fumer des pétards, Félix résistait. Écolo sportif, ayant pour devise « Une âme saine dans un corps sain », il ne voulait en aucun cas dévier de sa route pour aller explorer les chemins de l'enfer. Le diable a une longue queue et les anges, à moins d'avoir de grandes ailes, se laissent facilement attraper. Sauf qu'ici il n'y avait pas qu'un seul diable, mais trois ! Et le pire n'était pas dans le lot. C'était Bertine. S'il avait eu quelques expériences amoureuses, Félix se serait méfié et aurait su que les femmes ont souvent la langue plus fourchue que Lucifer ! Mais lui, c'était un brave gars. Élève moyen, serviable, gentil avec sa maman, proche de la nature au point de parler aux plantes, toujours puceau, il traversait la vie comme Petzi sur son bateau. Un Télétubbies au milieu d'un champ d'orties…

Félix résista donc tant qu'il put. Maman ayant quitté le navire, il ne lui restait plus que les Pignet, et la famille c'est sacré. Même s'il était accepté au sein de cette mafia, il sentait bien qu'il ne ferait jamais partie intégrante du clan tant qu'il ne plongerait pas dans la fosse aux serpents. Et à voir les conneries que ses nouveaux frangins débitaient, l'œil dans le vague et la bouche baveuse, après avoir tâté du goulot et aspiré l'herbe et la petite fumée, il n'était pas tenté du tout. Mais bon... Bertine lui plaisait de plus en plus au point qu'il rêvait de ses nichons la nuit. Il se voyait déguisé en pâquerette que la femelle languissante glissait entre ses seins plantureux. Il se réveillait chaque fois dans le charme et la volupté, le ventre maculé de sperme. Le problème était que pour s'attirer les faveurs de Bertine, il fallait implicitement l'accord de la tribu. Félix n'y allait que le dimanche, Bertine lui ayant expliqué qu'en semaine, elle était *full over busy*. Qu'est-ce qu'elle faisait exactement, il n'en savait rien. Elle recevait beaucoup de monde, c'est sûr. Que des messieurs, d'après ce qu'il avait compris. Quand il lui avait demandé dans quel but, elle avait répondu qu'elle était assistante sociale. Une brave femme. Il aimait bien ceux qui aident les autres. Bertine avait, du coup, pris du galon et était sur un piédestal. Pas touche à belle-maman !

Félix craqua le jour de son anniversaire. Et fidèle Lassie prit la biture de sa life, au point de ne pas pouvoir remonter sur son vélo. Les chambres à air étaient pétées, le braquet à moule[1] et les pédales en goguette. Félix n'arrivait plus à changer de vitesse. Il était au point mort. *Quand le soleil se couche le soir, les Télétubbies disent au revoir...*

C'est là qu'il lâcha le morceau et dévoila son secret.

Une confidence qui allait lui être fatale et transformer son pré fleuri en tas de fumier.

1. Foutu.

25

Le lendemain, Cornemuse prit d'office les choses en main. Elle avait mis la toque du chef sur sa tête et s'activait devant les fourneaux. Une vraie petite abeille !

— Il est où, le chef ? s'inquiéta Mamadou.

— Il fait du toboggan à la foire du Midi, répliqua la vieille.

— Non, sérieusement ?

— Qu'est-ce que j'en sais, moi ! Il est marqué agence de renseignements sur mon front ?

— Non.

— Il te manque, ce crétin ?

— Euh, non.

— Ben alors, remercie sainte Rita et passe-moi le sel.

— Bien, m'dame.

— Magne-toi, Banania !

— Pourquoi vous m'appilez comme ça ? C'est raciste !

— Hein ? Mais pas du tout ! C'est un mot gentil. Quand j'étais môme, le Banania, c'était ma boisson préférée. Après, j'suis passée au pinard. J'peux t'appeler Beaujolais si tu préfères, mais comme t'es noir… Faut que je t'avoue un truc… Mon premier fantasme sexuel, c'était lui !

— Qui ça ?

— Ben Banania ! Le mec avec son petit chapeau rouge et sa floche. À 10 ans, quand je buvais ma tasse, je m'imaginais qu'il me faisait sauter sur ses genoux avec le totem dressé vers la Grande Ourse. Ça te dirait pas de jouer à « à dada » avec moi ?

— Non, j'suis végétarien, ji mange pas de cheval.

— Pff... Et toi, Couscous ? fit-elle en s'adressant à Mohamed.

— Hé, vous ne m'appelez pas comme ça, hein ! *Wjah Zabi !*

— Qu'est-ce t'as dit, là ?

— Tête de bite.

— Ah ! Ouf ! J'ai cru que c'était une injure. On a de la viande hachée ?

— Oui, m'dame.

— Oui, chef, qu'on dit. Va la chercher, je vais faire des boulettes sauce pinnemoech.

— C'est quoi, ça ? demanda Zang, tout droit venu de Bangkok dans cette galère.

— Une de mes spécialités, expliqua Cornemuse. C'est belge. Un pinnemoech, c'est un béret alpin surmonté d'une tute. Donc, ma sauce, elle est noire comme le béret. C'est à base de réglisse et d'autres ingrédients que je tiens à garder secrets et pour le finishing touch, je mets une olive au-dessus.

— Pouah ! Des boulettes avec de la réglisse ! s'exclama Mohamed.

— Ben quoi ? T'en as déjà mangé ?

— Non, mais...

— Faut pas avoir d'idées précousues, expliqua la vieille. Tant que t'as pas goûté, tu peux pas savoir. C'est comme avec les pédés. Y a rien de meilleur.

— C'est pas bien de dire pédé, assura Zang.

— Ah mais vous m'emmerdez à la fin ! Le chef, il était raciste parce qu'il était haineux. Pas moi. J'adore les pédés. D'ailleurs j'en ai épousé un.

— Ça alors ! s'exclama Mamadou. Et vous le saviez ?

— Évidemment, sinon je ne l'aurais pas épousé, patate ! Y a pas meilleurs baiseurs que les homos. Allez, Bo Bun, va me chercher la bidoche, lança-t-elle à Zang.

Ah ça, elle était dans son élément. Persuadée d'être la reine du pâté en croûte, la princesse de la sauce mousseline, la diva des paupiettes Lucullus[1], elle s'activa et redoubla d'inventivité. Tout ce qui était à sa portée passait dans la sauce pinnemoech : oignons, cornichons, huile, Paic Citron, crème fraîche, savon noir, coulis de cerises…

Et quand elle s'attaqua aux boulettes, elle agrémenta la viande hachée des restes du chef, qu'elle passa à la moulinette.

Se prenant pour le Picasso des fourneaux, elle mit un soin particulier à la déco des assiettes. Chaque touriste aurait droit à une véritable œuvre d'art : deux boules nappées d'un magma à la couleur indéfinissable, garnies d'une touche de vert caca d'oie.

Fière, elle présenta son œuvre à l'assemblée en claironnant :

— Monticules divins enrobés d'un voile de volupté.

— Pouah ! Ça pue ! fit Zang en s'approchant de l'œuvre de génie.

— Le camembert aussi, pourtant c'est bon, décréta

1. Spécialité belge diététique : roulades de jambon, farcies à la mousse de foie. À servir avec une bonne bière, évidemment.

Cornemuse. Allez, du balai, le boat people. Quand on vient du pays des fourmis caramélisées, on ne critique pas les plats des Belges.

Tout le monde ferma sa gueule et les touristes furent servis. Mais pas ravis ! Le pont du rafiot fut vite encombré par les joyeux vacanciers qui vomissaient leurs tripes par-dessus bord. Catastrophé, le capitaine déboula dans la cuisine.

— Qu'est-ce qui se passe ici ? hurla-t-il en voyant la vieille coiffée de la toque du chef. Où est le cuistot ?

— On ne sait pas, dit Cornemuse. Il a disparu. Alors j'ai pris les commandes des cuisines.

— Comment ça, il a disparu ? On ne s'envole pas comme ça d'un bateau ! Vous avez été voir dans sa cabine ?

— Oui, capitaine, fit un des employés. Mais y a personne.

— Et sur le pont ?

— Idem, capitaine.

— Moi j'dis qu'il s'est suicidé, affirma Cornemuse.

— M'enfin, qu'est-ce qui vous fait penser ça ? éructa le capitaine.

— Il était agressif, signe de déprime. Ça se voyait comme le nez au milieu du virage.

— Bon, en attendant, vous, vous ne vous occupez plus de la bouffe, ordonna-t-il à Cornemuse. Là, faut que je vous laisse parce que je commence à avoir des aigreurs et les intestins qui gargouillent...

Et il fila sur le pont dégueuler avec ses chers passagers. Un vrai capitaine est toujours solidaire de son équipage.

Le personnel marinier, qui mangeait une heure plus tard, prit le relais. Le seul rescapé fut Mamadou. Il était végétarien.

Quant à Mémé Cornemuse, avec son estomac en béton armé, elle pétait le feu ! Faut dire qu'elle s'était gardé une grande partie des abats du chef, la gourmande !

26

Guili guili, mon chéri, Bertine baladait ses doigts boudinés mais habiles sur le poitrail de Félix qui cuvait dans les compotes. Rien de tel pour tirer les « verres » du nez chez un mec.

— Alors c'est qui, les gens célèbres chez qui tu bosses ?

— J'peux pas l'dire, secret fropessionnel, hips !

Re-guili guili un peu plus bas et il céda.

— C'est les Van Varenberg.

Phildar éclata de rire !

— Putain, quel baltringue ! Et moi j'ai pissé sur la haie de Gérarke Plasch. Tu le connais, çui-là ?

— Non.

— Comment donc ! C'est une star de la chanson qui a fait un tube avec « Soep mi Ballekes[1] ».

Les deux autres étaient pliés, genre on se fout pas de ta gueule.

— Avec quoi y vient, çui-là, s'esclaffa Ding Dong. Il fait le fier parce qu'il tond la pelouse des Van machin chose. C'est ça, tes clients célèbres ? Ah ! Ah !

---

1. Soupe avec boulettes, spécialité des Marolles, quartier du marché aux puces de Bruxelles. Avec une bonne bière, évidemment.

Vexé, Félix faillit s'en aller et laisser là ces ignares. Mais face aux nichons de Bertine, il se ravisa. Aussi parce que le plafond de la baraque s'était soudain mis à tourner.

— Et vous savez qui c'est, le fils des Van Varenberg, hein ? bafouilla Félix.

— C'est Pif Gadget, lâcha Paic.

— Pff... Méritez même pas que je vous l'dise... C'est Jean-Claude Van Damme.

— Hein ? firent-ils en chœur.

— Ben oui. Faut lire un peu ! D'ailleurs Jean-Claude va venir leur rendre visite demain, avant de repartir pour Hollywood où il tourne un film.

— Comment tu sais ça, toi ? s'étonna Bertine. T'écoutes aux portes ?

— Je travaille chez eux depuis longtemps. Je suis un peu comme un ami, quoi, leur confia-t-il fièrement.

Ce jour-là, Félix marqua des points. Non seulement il s'en était mis plein le lampion, mais sans s'en douter, il venait en plus de faire germer une idée diabolique dans le cervelet de ses nouveaux frangins.

Et dans la maisonnette des trois petits cochons, une fois le loup pris au piège, on entendit résonner dans toute la clairière cette chanson ô combien fraternelle : *Il est des nôôtres, il a bu son verre comme les ôôtres...*

27

Affalée entre le frigo et le lave-vaisselle, la vieille cuvait le Grand Marnier destiné aux crêpes flambées. Une voix tonitruante, semblant provenir des cieux, la réveilla. Dieu venait-il encore lui chercher des noises ? Il n'avait vraiment rien d'autre à foutre ? Elle se redressa péniblement pour aller lui dire deux mots : *Hé, gamin, y a des gens qui crèvent de faim, occupe-toi plutôt d'eux et lâche-moi les baskets.*

La voix répéta : « Nous sommes arrivés à destination, tout le monde sur le pont. »

C'est là que Mémé Cornemuse reprit ses esprits. On était donc en Amérique ! *Putain ! Combien de temps j'ai roupillé, moi ?*

Dare-dare, elle se rua à l'avant du navire et se cramponna au bastingage, scrutant la statue de la Liberté à l'horizon. Mais le temps était brumeux et son cerveau aussi. Elle alpagua un touriste prêt à débarquer avec sa valise.

— Dites, vous la voyez, vous, la statue ? J'ai paumé mes lunettes.

— Quelle statue ?

— Ben de la Liberté, tiens, andouille !

Le touriste la regarda avec des quinquets pires que les lampions de la foire du Midi. Vu l'âge de la sirène qui devait confondre l'Hudson avec la mer du Nord, il lui répondit poliment qu'on n'était pas à New York, mais à Ostende.

— Ah, on fait escale ici avant de repartir ?

— Mais pas du tout. Il n'a jamais été question d'aller aux States, chère madame…

— Bon. Je vois que vous n'y connaissez rien et que vous êtes très mal renseigné. M'en vais voir le capitaine.

D'un pas décidé, elle traversa la foule qui s'amoncelait sur le pont avec les gniards et les bagages, bonnes vacances, bande de nazes.

Quand elle se planta devant le capitaine, il faillit défaillir. Elle mit ça sur le compte de son sex-appeal.

— C'est quand qu'on arrive à Niewe Yorke ? demanda-t-elle en s'efforçant de prendre l'accent van dammien.

— Ah ben ça ne s'arrange pas, vous, hein ? éructa le capitaine en reculant comme s'il avait affaire à une baleine prête à l'attaquer.

— Dans le troquet où on s'est rencontrés, le troufion à pompon m'avait dit que vot' rafiot partait aux States.

— Il avait bu et vous aussi. Visiblement, vous avez remis ça parce que vous empestez l'alcool à dix kilomètres.

— Non, c'est mon parfum. « Zestes d'agrumes » d'Air Wick.

— Et qu'est-ce que vous allez fiche à New York ?

— Je dois aller à Hollywood, plus précisément. Rencontrer mon fiancé.

— Ah ! Ah ! Parce que madame a un fiancé à Hollywood ! Vous entendez, les gars ?

Tout le staff était hilare. *Bande de crétins !*

— Parfaitement, et il est beau, grand, jeune et musclé.

— Et aveugle et sourd, je suppose…

— C'est pas parce que j'ai repoussé vos avances qu'il faut vous venger. C'est moche d'être jaloux, décréta la vieille.

— Mais je ne vous ai jamais fait d'avances, moi ! s'énerva le capitaine. Vous rêvez, ma pauvre fille !

— Faut pas être gêné devant vos p'tits camarades.

Et se tournant vers eux, elle précisa :

— Il a voulu me mettre la main au cul.

— Mais c'est faux ! Elle délire, la vieille carne !

— Comment qu'y m'a appelée, le merlan ?

Il n'eut pas le temps d'ouvrir ses nageoires qu'il reçut un coup de genou dans l'aileron, juste là où ça fait mal. Le capitaine poussa un cri de grande folle avant de tomber à genoux.

— Voilà. Ça, c'est de la part de JCVD, mon fiancé.

Sur ce, elle tourna les talons de ses pantoufles, laissant l'équipage médusé. On aurait dit qu'ils venaient de se heurter à un iceberg. Si le *Titanic* avait eu Mémé Cornemuse à bord, il aurait coulé avant.

28

Estimant que les idées les plus débiles sont souvent les meilleures, la bande de Pieds nickelés échafauda un plan plus pourrave que ça tu meurs. C'est Paic qui prit les commandes du projet et concocta une stratégie à faire pâlir Spaggiari. C'était incontestablement le plus malin des trois, ou plutôt le moins crétin, sans doute parce qu'il avait reçu une dose massive de Paic Citron, donc de vitamine C, dans le bide de sa mère. Mine de rien, il extirpa un max de renseignements à Pokémon, c'est ainsi qu'il surnommait Félix. Ce dernier, au lieu d'être dans sa « tower defense », ne se méfia pas un instant et lâcha le paquet, trop content d'être enfin le point de mire de la famille Pignet. Bien sûr qu'il connaissait le chauffeur de taxi qui allait chercher JC à l'aéroport ! Même qu'il savait où il habitait parce que le gus l'avait déjà invité chez lui. Il s'abstint cependant de leur préciser que le chauffeur lui avait fait des avances. C'est pas parce qu'on est de la pédale qu'on aime rouler à deux sur un vélo. Quant aux gardes du corps de Jean-Claude, ils se tapaient sur l'épaule, c'est dire le degré d'intimité ! La provenance de l'avion ? Tu rigoles ou quoi ? JC, il vient en jet privé, fieu ! Il sera là à 14 heures pétantes. C'est un ponctuel, comme la plupart des Belges.

Et voilà. Y avait plus qu'à…

Pépère avait le cul dans la soupière, mais il continuait à pédaler dans la semoule. Il proposa même à ses frangins de demander une photo dédicacée à son pote le chauffeur de taxi. Ce à quoi les frères Pignet répondirent que, pour eux, le top serait de rencontrer le taximan, pensez donc, un mec qui drive JC, c'est un peu comme l'âne qui a conduit la Vierge à la grange de Bethléem ! D'ailleurs, ajouta Phildar, qui parlait au nom de ses frangins, nous sommes tous très fiers d'avoir un frère qui tond le gazon d'une star.

Tout juste s'il n'allait pas lui quémander un autographe, à lui aussi. Félix roucoulait, s'apprêtant déjà à chercher un stylo, mais on ne lui demanda rien. Il mit cela sur le compte de la pudeur. Demander est toujours un acte délicat. Paic revint sur l'affaire du chauffeur et Félix leur donna l'adresse en leur conseillant d'aller le voir de sa part. C'est par lui qu'il passait pour se la péter auprès de ses voisins qui avaient tous pleuré après un gribouillis de Jean-Claude à encadrer au-dessus de leur buffet. Depuis, ses relations de voisinage s'étaient considérablement améliorées, il avait été invité une fois à un barbecue et on lui demandait s'il allait bien. Même si personne n'attendait la réponse, c'était quand même vachement sympa, hein ! Du coup, Félix s'était senti ragaillardi et le podium sur lequel il se voyait avec une grosse médaille de champion était devenu un piédestal. Faut parfois peu de chose pour se croire le roi du monde.

Paic, Ding Dong et Phildar s'étaient donc rendus chez le chauffeur de taxi, se recommandant chaudement de

Félix, leur frère bien-aimé. D'abord méfiant, le taximan avait entrouvert sa porte en laissant la chaîne de sécurité, on n'est jamais trop prudent de nos jours, surtout avec tous ces étrangers qui traînent dans les parages. Paic, qui baragouinait quelques mots de flamand, genre « *dag meneer*[1] », acheva de rassurer l'anxieux. C'étaient des braves gars bien de chez nous, de la pure chair du Platteland de Brel, buveurs de bières et mangeurs de stoemp[2], il pouvait les laisser entrer.

Et paf le chien !

Il n'eut même pas le temps de leur tendre la main en guise de bienvenue, Ding Dong lui tordit le bras, tandis que Phildar le poussait vers le salon, direction le radiateur auquel il fut attaché. Paic avait tout prévu : les cordes, le flingue et trois canettes de Jup[3] pour se faire un shoot de vitamines. Faut pas lésiner avec la santé.

Le reste fut un jeu d'enfant. Ou presque. Le chauffeur résista un moment, mais son courage faiblit quand Phil sortit la tenaille avec laquelle il coupait les fils des bagnoles qu'il piquait.

— Donne-moi ton doigt que j'en fasse du hachis Parmentier.

— Non.

Crac !

— Tu mettras plus ton doigt dans ton nez, connard !

Et pour pas que l'autre doigt y passe, le chauffeur leur donna tous les renseignements qu'ils voulaient et même

1. Bonjour, monsieur.

2. Purée aux légumes, avec des lardons. Et une bonne bière, non peut-être !

3. Jupiler (abréviation qui facilite la vie quand on en a déjà bu quelques-unes…).

plus. Il aurait vendu sa mère et le chat empaillé de sa tante pour ne plus revivre une telle souffrance.

Paic était celui qui ressemblait le plus au gaillard mutilé. Avec des lunettes noires, une fausse moustache rousse et la tenue adéquate, Jean-Claude n'y verrait que du feu, d'autant qu'il serait en plein jetlag, même si comme il aime à le dire *l'air est fait d'oxygène* CO_2.

Déguisés en bagagistes, les deux frangins allaient s'occuper des gardes du corps. C'est pas des armoires à glace entraînées au karaté et nourries au Red Bull qui allaient leur faire peur ! Ils en avaient vu d'autres. No scrupules, no limit ! « Je t'écraserai comme une punaise, petit insecte nuisible du soleil couchant », disait maître Yoda.

29

Les plages d'Ostende, celles d'Agnès Varda, d'Arno, d'Ensor ou encore de Marvin Gaye, ont gardé un peu de leur âme malgré les chancres de béton qui se sont alignés en bord de mer. La plage garnie de transats bleu et blanc et de cabines rigolotes trimballe les souvenirs d'enfance jusque sur le brise-lames. Là où vont mourir les dernières fleurs en papier crépon. Le ciel où Brel s'est pendu rêve d'un petit garçon qui voulait vider la mer avec une cuillère. Toute cette poésie existe encore quand on tourne le dos à la digue, laissant les touristes en jogging pédaler sur des cuistax[1]. Et même si le monde ne tourne plus rond, il nous reste les rêves. Tant qu'Alice n'est pas morte en nous, il y a de l'espoir. Et toi, tu es là, face à la mer, et tu penses à tout ça. T'as le cœur qui se cogne aux vagues, tu te berces de tes dernières histoires d'amour et tu te revois en train de creuser dans le sable pour enterrer tes larmes. Les oiseaux ont les ailes trop courtes pour essuyer tes yeux. Tu les frottes en pensant que tu viens d'avoir une vision… ben non ! Là, courant dans le sable

1. Petits véhicules à pédales qu'on ne voit qu'à la mer du Nord et qui sont faits pour foncer dans les touristes.

qui vole sur les grosses madames en train de se dorer la pilule, cirées de crème solaire, Mémé Cornemuse se prend pour la reine de la *playa*. Elle a 20 ans. Magie de la mer. Jupes retroussées sur ses jambonneaux roses et flasques, elle virevolte tel un cerf-volant venu du bout du monde. Martine à la plage peut ranger ses petits moulins, sinon la vieille va les écrabouiller comme tous les châteaux de sable qui se dressent sur sa trajectoire. Cris des enfants, cris des parents, cris des mouettes. Elle n'entend rien et continue à sautiller, jupons au vent et godasses à la main. La tête dans les embruns et les pieds dans le mazout. Au loin, le murmure des vagues lui susurre une des pensées cultes de son idole : *Un jour je me promenais sur la plage... Il y avait beaucoup de vent, je me suis retrouvé penché en avant ; le vent a poussé la matière, la masse moléculaire, et j'ai dû me battre contre cette masse parce que c'est pas une masse faite pour l'être humain...*

Ostende, c'est pas loin de Knokke, là où vivent les parents de Jean-Claude. Elle va prendre le tram qui longe la côte et pousser une pointe jusque-là.

Dans son élan, la Pina Bausch des oyats tombe dans un trou creusé par un joyeux vacancier. Et plaf !

Mais la vieille est solide comme un poteau télégraphique. Raide dans le trou, elle se met à gueuler. D'abord : « Au secours ! » Puis : « Sortez-moi de là, bordel de merde ! »

Soudain, une tête apparaît au-dessus du cratère. Un chauve plutôt pas mal, la cinquantaine bien sonnée, qui la regarde en souriant.

— Tirez-moi de là, nom de Dieu !

Il tend la main et elle s'y agrippe. Il a la paluche solide. Elle a toujours eu horreur des mains molles. Main molle, bite molle.

Oh ! Hisse ! Au bout de dix minutes, la vieille est hors du trou. C'est pas encore pour cette fois-ci. Elle regarde le ciel et fait un doigt d'honneur.

— À qui vous vous adressez, là ? demande le gars avec son pull marin, déguisement de vacancier qui préfère les bateaux aux skis.

— Au bon Dieu. J'l'ai encore eu ! Hin, hin…

— Toute façon, il finira quand même par gagner.

— Ouais, mais moi je gagne du temps. Et ça, ça fait des points en plus.

— J'crois pas en Dieu, fit le sauveur.

— Moi non plus, mais on ne sait jamais. Vaut mieux faire semblant au cas où…

— Faut pas vivre le cul entre deux chaises, ça donne des courbatures au cerveau.

— Moi j'm'assieds jamais, histoire de rester toujours active. Et libre.

— Belle philosophie, dit l'homme chauve.

— Bon, ça vous dirait de me mettre une pétée dans les vagues, histoire de faire plus ample connaissance ?

— Euh… Là, je suis fatigué, mentit poliment le gaillard, qui ne voulait pas vexer le vieux débris.

Il était plutôt Barbie que momie…

— Alors on va boire un coup ?

— Là, je dois d'abord terminer mon gâteau de sable. C'est mon anniversaire aujourd'hui.

— Ah ! Ça vous fait quel âge ?

— Je ne sais pas. J'ai perdu la mémoire…

— Des fois, il vaut mieux. Les souvenirs, ça encombre l'esprit.

— C'est vrai, admit l'homme.

— Comment vous savez que c'est votre anniversaire, alors ? s'étonna la vieille.

— Parce que j'avais une lettre sur moi.

Il fouilla dans la poche de son pantalon et en extirpa un portefeuille qu'il ouvrit pour prendre une feuille pliée en quatre. Il la tendit à Cornemuse qui se mit à lire tout haut :

— « Aujourd'hui 12 février, bon anniversaire à mon cher Léon. Ta mère Ginette qui est fière d'avoir un fils commissaire[1]. » Putain ! éructa Mémé Cornemuse. T'es flic ?

— Ben… on dirait !

— Crois-moi, vaut mieux que tu ne retrouves pas la mémoire, gamin. J'aime pas les poulets. Sauf farcis à l'oseille. J'en ai fréquenté pourtant, des keufs ! Même que j'en ai épousé un qu'était travelo la nuit pour arrondir ses fins de mois. Mais je préfère les truands. Il est où, ton gâteau ?

Léon lui désigna un monticule orné de coquillages, près duquel s'esquintait le Lindbergh du cerf-volant en short hawaïen.

Soudain, une vague salvatrice emporta le gâteau dans les profondeurs abyssales. C'est Neptune qui allait se régaler !

— Happy beurre day, Léonske, chanta Cornemuse en lui mettant la main au panier.

Et là, il se passa un truc incroyable ! La vieille ressentit un choc électrique ! Pour la première fois depuis qu'elle était gamine, elle eut une vision : celle d'un entrepôt abandonné.

L'image était nette. Et sur la vitre cassée, elle voyait la trace d'une main ensanglantée.

---

1. Voir la série du *Commissaire Léon*, le flic qui tricote… aux éditions Belfond.

30

Félix était sur un petit nuage, il nageait dans le bonheur sans se douter une seconde qu'au fond de la piscine bleu azur, y avait un panier de crabes. Youkaïdi youkaïda, tu seras bientôt dans la *mierda* !

Tout en pédalant vers le paradis, l'Amélie Poulain de la bécane réfléchissait à son fabuleux parcours. Parti de rien, il était devenu le tondeur attitré des parents d'une star de Hollywood, et Dieu sait si pour la jet set de la Costa Belgica, le gazon était d'une importance capitale. C'est quand même la première chose que tu vois quand tu découvres une villa. C'est comme une femme, elle a beau être top tendance dans son bikini fashion, si le maillot est en friche, ça fait souillon. Et grâce à ça, il faisait le bien autour de lui et permettait à sa nouvelle famille de bénéficier de ses relations people. Il pensait à ces hordes de jeunes filles hystériques qui passaient des heures dehors, sous la pluie, pour entrapercevoir leur idole et peut-être, avec un gros coup de chance, avoir un scratch scratch de Jean-Claude en bas de sa photo. Grâce à lui, le petit Félix, né de père qui avait glissé sur sa mère comme un pet sur une tringle à rideaux, ses nouveaux frangins pourraient avoir leur trophée sans devoir faire la queue. Amélie avait trouvé son alter ego. À chacun ses nains de jardin.

Il pédalait donc joyeusement, direction Bertine qui lui avait donné rendez-vous à 14 heures pétantes. Elle avait reçu des instructions de sa marmaille : « Tu fais ce que tu veux, m'man, mais t'occupes le cycliste pendant qu'on bosse. » Trop contente d'entendre ce mot si peu usité dans la bouche de sa progéniture, Bertine accepta, non sans leur recommander d'y aller quand même mollo, parce qu'elle ne voulait pas que JCVD ressemble à son copain Stallone avec la gueule de traviole.

— C'est pas à cause des coups qu'il a ramassés dans *Rocky*, expliqua Paic, c'est à cause du Botox. Il a voulu ressembler à sa mère…

Bertine fut rassurée.

— Et ramenez-moi quand même un autographe, leur demanda-t-elle.

Croix de bois, croix de fer et mes couilles dans la saucière.

L'équipage était sur le pied de guerre, manquait plus que la moustache roux carotte pour ressembler au chauffeur. Ding Dong eut une idée de génie en regardant Brutus, le gros clébard qui roupillait sur les genoux du pépé. On lui coupa quelques poils sous la queue qu'on harmonisa sur un scotch double face et hop, le tour était joué. Merci *Modes & travaux* !

Incommodé par une légère pestilence sous son appendice nasal, Paic aspergea sa moustache avec du « Soir de Paris », une vieille bouteille que l'ancêtre gardait dans sa poche pour humer de temps en temps l'odeur d'une maîtresse qu'il avait beaucoup aimée. Ce flacon, c'était son trésor, son secret de Polichinelle, et il voulait qu'on l'enterre avec. Comme il roupillait, assommé par le pinard matinal, l'opération Topkapı fut un jeu d'enfant.

Le commando était paré pour le raid.

— Soyez prudents, recommanda Bertine.

Et elle leur donna à chacun une boîte à tartines, au cas où ils auraient un petit creux en cours de route.

Une vraie mère poule.

À 14 heures pétantes, l'Eddy Merckx du Pajottenland[1] freina sec devant le tas de ferrailles amoncelé dans la cour des Pignet et fonça toutes voiles dehors vers sa dulcinée. L'inaccessible étoile allait enfin être à portée de ses paluches. Comme quoi, faut pas toujours s'appeler Moïse pour avoir droit à la terre promise.

Le pépé avait été planqué dans la cuisine, signe qu'on attendait du monde...

Drapée dans sa nuisette fraises écrasées, avec décolleté en dentelles de Charleroi, puisque la tenue avait été achetée sur le marché là-bas, Bertine attendait le messie de chez Rodania[2].

Fallait mettre le paquet pour retenir l'animal le plus longtemps possible, au cas où il aurait eu l'idée saugrenue d'aller accueillir Jean-Claude à sa sortie d'hélico. En affaires, faut jamais prendre de risques.

Chaud bouillon, Félix ne prit même pas le temps d'enlever la peau de chamois qui gonflait son maillot pour protéger ses bijoux de famille d'une selle meurtrière, et il se lança tel un cabri sur le lit.

C'est ainsi qu'il escalada le mont Ventoux. Regonflé à bloc, il changea de vitesse et entama un sprint. Bertine

---

1. Campagne au sud-ouest de Bruxelles où le houblon et la gueuze remplacent la vigne et le vin.

2. Célèbre pub pour les montres, pendant le Tour de France.

n'eut pas le temps d'admirer le paysage, le vainqueur s'écroula sur la ligne d'arrivée. De quoi faire se trémousser Thierry Roland dans sa tombe.

— Alors, heureuse ?

C'est un Félix béat et fier de lui qui toisait la femelle comblée à ses côtés. Le nirvana est parfois à portée de draps.

Pendant que le « Tuche » du braquet s'était esquinté sur son corps d'albâtre, façon j'apprends la poterie aux Gogols, Bertine avait fait la liste de ses commissions, histoire de ne pas perdre son temps. Manquait des chips au paprika et des bières pour sa meute. Du moment que le frigo était ravitaillé en pizzas, tout allait bien.

Sauf que le sprint n'avait duré que quelques minutes. Fallait trouver de quoi occuper les loisirs du sportif. Bertine Pignet entreprit alors le lustrage de la pompe à vélo. Pom paf[1], le dieu de la chambre à air gisait dans un brouillard de coton, se laissant tripoter après avoir lâché le guidon.

Il finit par s'assoupir comme une masse, ravi de ses performances qu'il trouvait dignes d'un maillot jaune.

Pendant ce temps, les frères Karamazov *from* Knokke-le-Zoute étaient sur le pied de guerre. Tout s'était déroulé selon leurs plans, sauf que Ding Dong avait eu des états d'âme qui avaient failli faire capoter l'affaire. En ouvrant sa boîte à tartines, il constata que, contrairement à ses frangins qui avaient une tranche de jambon, les siennes n'étaient pas fourrées. Quelle injustice ! En pleine crise existentielle, il venait soudain de prendre conscience que sa mère devait l'aimer moins que les autres, puisqu'elle

1. K.-O.

avait tenté de s'en débarrasser après sa naissance. Et pas avant, comme ses frères.

Paic et Phildar trouvèrent les mots pour le rassurer :

— Pas ta faute si t'es moche.

— On n'est responsable que de notre beauté intérieure, répéta Phildar qui avait lu ça sur une pub pour de l'eau minérale.

Ding Dong se creusa la cafetière pour comprendre le sens profond de cette pensée sublime, mais c'était trop compliqué pour lui et il capitula, se disant qu'une fois le boulot terminé, sa mère serait fière de lui.

Parce qu'il avait une idée derrière la tête…

Top secret !

31

Solidement bâillonné et attaché au radiateur, Éric dit Riquet, le chauffeur de JCVD, pestait et tentait d'arracher ses liens en se frottant aux tuyaux. En vain ! Voilà des heures qu'il limait comme un malade. Ces crétins avaient piqué son costume et son tacot.

Il ne lui restait plus qu'une chose à faire : prier sainte Walburge, la copine de sa nénène[1] Irma qui habitait à Liège. Chaque fois qu'elle allait mettre un cierge quand il était gamin, il avait de bonnes notes à l'école. Le problème est qu'elle n'y allait pas souvent et qu'elle priait chez elle, ce qui s'avérait moins efficace. Riquet récita donc machinalement la prière que sa nénène lui avait apprise. Et le miracle eut lieu !

Il aperçut son GSM[2] qui avait volé sous la table pendant la bagarre. Voilà des heures qu'il marinait là sans l'avoir vu, aveuglé par la rage. Comme « La lettre volée » d'Allan Poe, son sauveur était à quelques mètres de son nez.

1. Marraine.

2. Portable belge. Remarquez encore une fois notre richesse de vocabulaire ! Chez vous autres, on dit portable pour un tél et pour un ordi…

Il s'étira tant qu'il put pour tenter de s'en approcher avec son pied. Trop loin ! Il n'avait peut-être pas prié avec assez de ferveur. Il remit une couche et implora la sainte.

Et boum ! Un bruit terrifiant le fit sursauter. *Sainte Walburge dans ma cuisine ?*

Non… C'était Poupouille, le boxer des voisins, qui venait de sauter par la fenêtre entrouverte, comme il en avait parfois l'habitude. Brave bête ! Riquet regrettait de l'avoir engueulé la dernière fois, parce qu'il avait bavé sur son divan.

Poupouille, qui débordait d'affection, se rua sur le chauffeur de taxi et le léchouilla tant qu'il put. Riquet émit quelques borborygmes pour lui faire comprendre d'aller lui chercher son « G » et, du bout du pied, il lui indiqua la direction. Malgré son regard torve, le clébard était intelligent. Faut pas se fier aux apparences. En fait, si ! Il se rua sur le GSM et l'avala d'une traite !

Puis, tout content, il remua la queue en passant devant Riquet et repartit par la fenêtre, direction la *casa* de ses mémaîtres.

Le chauffeur faillit attraper une syncope. *Bête chien !*

32

Mission impossible réussie ! Ding Dong et Paic avaient embarqué Jean-Claude, fraîchement débarqué de son jet privé, avec sa valise Vuitton et ses Ray-Ban, pendant que Phildar neutralisait le garde du corps d'un flingue entre les omoplates. Ça avait été tellement vite que l'orang-outan n'avait rien vu venir.

Le plan était d'emmener discrètement le zigue dans le sous-sol du parking et de l'assommer pour qu'il fasse dodo le temps que la star soit mise à l'abri. Paic était assis à l'arrière avec JC, sur lequel il pointait son flingue, tandis que Ding Dong était au volant. Les tontons flingueurs n'auraient pas fait mieux !

Jean-Claude a commencé par s'énerver.

— C'est quoi, ces conneries ? Je veux rentrer *at home.*

— Ta gueule, branleur !

— *Je me branle plus, j'ai 41 ans, la vie évolue, mon frère.*

Mais il s'aperçut bien vite que ces voyous n'avaient aucun humour. Pas un sourire n'illumina leur faciès d'*Homo sapiens.*

— Vous m'emmenez où ?

— Tu verras bien. Maintenant, ferme-la.

Paic se sentait le *king of the* banquette arrière avec son pétard entre les pattes. Il jouait au dur et se croyait à fond dans un film d'action où il aurait volé la vedette à JCVD. Le pied !

L'autre truffe au volant se prenait pour un cascadeur et envoyait les gaz.

Soudain, il bifurqua vers les sentiers perdus et roula, toujours à vive allure, dans la campagne.

La planque était prête. Les frangins avaient tout préparé minutieusement.

On ne s'improvise pas ravisseur, c'est un métier.

Le plan était d'attacher la star à un anneau scellé dans le mur et de réclamer une rançon à ses parents chéris. Le max de pognon, évidemment. Avec ça, les frangins pourraient se payer des gros délires de paillettes et faire plaisir à Jean-Claude qui claironnait dans toutes ses interviews qu'*il faut toujours réaliser ses rêves*, ben comme ça tu seras content pour nous, mon coco.

Une fois JCVD collé au mur, Paic et Phildar, qui avaient rejoint le campement stratégique, confièrent la garde à Ding Dong pendant qu'ils allaient se coucher chez eux, peinards. Têtes pensantes du kidnapping du siècle, ils estimaient avoir droit au repos de leur neurone respectif, confiant la tâche de gardiennat au petit personnel… Demain, on mettrait tout en branle pour organiser la réclamation du pognon.

Ils s'en allèrent donc confiants, sûrs de leur coup, voguant déjà sur un yacht au sud des Caraïbes, avec des sirènes botoxées sur le pont, coupe de champagne coincée entre les nichons.

Seulement voilà… Ils ne soupçonnaient pas que le p'tit frère avait un plan d'enfer !

33

Des grosses femmes à la Dubout avaient le nez plongé dans des mégagaufres dégoulinantes de crème fraîche en bombe, garanties pur produit chimique. Les hommes pourvus d'un abcès de comptoir engloutissaient leur bière en regardant la mer, ou plus précisément les jeunes filles en maillot. Tandis que le dieu de la plage pavanait en short Casual Wear, avec casquette Jupiler assortie, le McEnroe du Jokari tapait sur sa balle jaune comme un pété.

— Çui-là, il va finir par avoir une tendibite ou un pénis elbow, décréta la vieille.

Assis face à face, Mémé Cornemuse et le commissaire Léon s'envoyaient des trappistes de derrière les fagots. Des 50 cl, comme ça, tu ne dois pas déranger le garçon deux fois.

— Incroyable ! fit Cornemuse. J'ai plus jamais eu de visions depuis ma chute de tabouret quand j'avais 12 ans. J'essayais de piquer des confitures.

— Ah ! Et tu voyais quoi ?

— Ben par exemple, j'ai vu que ma tante Gilberte allait se faire écraser par un camion.

— La pauvre !

— Non, elle voulait se suicider et chaque fois, elle a raté son coup.

— N'empêche que le conducteur a dû avoir un choc !

— Pas du tout ! C'est moi qui étais au volant. Je jouais avec les manettes et quand je l'ai vue dans l'allée, j'ai mis le contact et zou, j'ai reculé pleins gaz. Et crac ma tante.

— Euh, si je puis me permettre, c'est pas vraiment une prémonition... C'est un meurtre !

— Et voilà ! Tout de suite les grands mots. Ah çà, quand on est flic, on s'accroche à son insigne, hein ! Je lui ai rendu service. Pas pareil. Quand quelqu'un veut clamser et que tu lui files un coup de main, ça s'appelle du secourisme.

— Admettons...

Léon ne pigeait rien à la logique de la vieille. Et il décréta, pour se simplifier la vie, qu'elle n'en avait pas.

— Garçon, une Batida de coco, lança une blondasse défraîchie.

Là-dessus, Cornemuse se retourna et dit :

— Qui mange une noix de coco entière fait confiance à son anus.

Un grand blanc envahit la terrasse. Même les mouettes avaient cessé de crier. La vieille savourait ce moment de zénitude profonde. Histoire de se donner une contenance, Léon but un coup tandis que la vieille, visiblement contente d'elle, avalait sa bière d'une traite. Puis elle jeta un coup d'œil sur un journal oublié par un touriste. Et là, elle poussa un cri qui fit trembler tout le troquet ! Le tsunami, l'ouragan Gilbert, le cyclone tropical Denise et le typhon Forrest réunis !

En gros titre dans *La Libre Belgique*, on pouvait lire :

> JEAN-CLAUDE VAN DAMME A ÉTÉ KIDNAPPÉ LORS DE SON SÉJOUR EN BELGIQUE… La star a été victime d'un enlèvement lors de son bref séjour à Knokke-le-Zoute où il était venu rendre visite à ses parents avant de commencer son tournage avec Stallone. Toute la police est sur les dents et tous les moyens ont été mis à disposition pour retrouver JCVD. Une demande de rançon a été adressée aux Van Varenberg. Mais le montant est resté secret. Toute personne ayant des renseignements est priée de s'adresser au commissariat de police de Knokke.

Et en dessous, une grande photo de Jean-Claude avec un sourire plus blanc lavé avec Dash et le poing du vainqueur.

On lui aurait mis un pétard dans le cul que Mémé n'aurait pas démarré aussi sec.

Il n'y avait plus une seule minute à perdre. C'était la guerre. Sauvez Willy, on se lève tous pour Danette !

Elle roula une pelle à Léon en guise d'adieu et le planta là.

Cette mission de sauvetage, elle devait la faire en solitaire. Surtout sans flic dans les pattes.

Elle profita d'un moment de distraction d'un touriste occupé à décharger son barda pour piquer sa bagnole. Comme quoi la Providence vient toujours au secours des héros. Elle se voyait déjà en haut de l'affiche, avec son nom en grand dans tous les journaux : « Mémé Cornemuse *save* JCVD ». Bientôt elle serait the *Queen of Hollywood* et, qui sait, peut-être la vedette de son prochain film ?

Mais avant ça, elle allait débarquer chez les parents

de Jean-Claude, histoire de choper quelques renseignements. Et de se présenter en tant que future belle-fille. Bande de petits veinards, va !

34

Arrivée à Knokke-le-Zoute, Mémé Cornemuse se fit arrêter par un barrage de flics.

— Police ! fit un moustachu à l'air pas commode.

— Bien fait pour ta gueule, t'avais qu'à bosser à l'école, répliqua la vieille.

L'autre képi ne releva pas. Il n'avait visiblement pas compris.

— *Mevrouw, papier als u blieft.*

— Quoi ça ? grailla-t-elle.

— Papiers !

— D'abord tu me causes avec du molleton sur la langue, trouduc, et ensuite c'est si je veux. Et là, j'veux pas. D'ailleurs je sais pas où ils sont.

Le flic n'avait pas tout saisi du langage fleuri de la vieille, mais son instinct lui disait qu'elle n'était pas nette.

— *Wat is dat*, là sur votre siège ?

— Une photo de Jean-Claude. Je ne m'en sépare jamais. On va bientôt se marier. Alors dégage et laisse-moi aller voir ma belle-famille, fissa.

Le poulet baragouina quelque chose en flamand et la volaille rappliqua sur sa proie. Avant de pouvoir dire paf,

Cornemuse se retrouva au poste, en cellule de dégrisement.

Malgré le bruit, elle s'endormit comme une masse et rêva…

Il faisait beau. On aurait dit que le ciel était tartiné avec du miel de fleur d'oranger. Elle avait une robe de mariée couleur fraises Tagada. À ses côtés, Jean-Claude avec son beau costume de cérémonie café crème et une cravate chocolat pour tremper dans le bol de leur vie future. Tout le gratin était invité au mariage à Bruxelles : Bruce en tenue de combat, Sly avec sa maman tirée à quatre épingles, les Brangelina, Paris Hilton avec son chihuahua en pendentif, et c'est DiCaprio qui conduisait la voiture des mariés.

Une pluie de dollars virevolta dans les airs à l'entrée de la basilique de Koekelberg, là où avaient lieu tous les mariages princiers. Jean-Claude mangeait des yeux sa dulcinée qui lui avait promis de se transformer en princesse, une fois au pieu à minuit, après lui avoir fait le caddie togolais, figure du Kamasutra cornemusien.

Le curé, en blouson de cuir et porte-jarretelles, les attendait en gloussant de bonheur.

— Jean-Claude Van Damme, voulez-vous prendre pour épouse Mémé Cornemuse ici présente ?

— *Yes ! Elle a du bol. Je dois admettre que j'ai un très beau cul. Certains prétendent que j'ai bâti ma carrière dessus.*

— Mémé Cornemuse, voulez-vous vous envoyer en l'air avec Jean-Claude ici présent ?

— Non peut-être !

— Jurez-vous fidélité.

— Hé, faut pas pousser ! s'exclama la vieille. J'aime les plats pimentés et variés.

Le curé sentit qu'il ne fallait pas insister et que la mariée était fine cuisinière...

— Je vous déclare unis par les liens du mariage, déclara-t-il.

À ce moment-là, une voix semblant sortir des ténèbres déchira les airs et fit éclater en mille morceaux les ailes des angelots rose bonbon qui survolaient l'autel.

— Objection !

Les fidèles se figèrent. Jean-Claude dit : « *My god !* » et le curé se retourna lentement, comme dans les films de Kurosawa.

Accroché à sa croix comme une moule à la slache[1] d'un touriste, Jésus fronçait du nez et ses épais sourcils noirs ressemblaient à des limaces belliqueuses. Sa main droite se détacha de la croix. Le clou virevolta dans les airs. Dehors, l'immense foule de fans en délire qui scandait : « *JC I love you* » ne disait plus rien. Un silence de mort. Au point qu'on entendit « clink », le bruit du clou sur le carrelage fraîchement lustré au savon noir. À ce moment-là, Jésus ouvrit de nouveau la bouche. Il avait les mêmes dents que Fernandel. Et il dit en pointant son index vers la mariée :

— Tu as voulu tuer le bon Dieu !

— Oué, mais je pense que je l'ai raté. J'avais perdu mes lunettes.

Et Jésus, de sa voix chargée d'amertume, lui répondit ceci :

— En vérité, je te le dis, c'est bien ce que je te reproche ! Il faut toujours tuer le père pour devenir un homme. Papa m'a envoyé au casse-pipe pour racheter les péchés de cette bande de dégénérés qui polluent

1. Savate en bruxellois. « Mets tes slaches et va boire un verre. »

la planète. Et ça a changé quoi, hein ? Il aurait quand même pu m'éviter toutes ces souffrances en faisant jouer ses relations. Mais bernique ! Il a laissé ces ordures me clouer sur la croix. Résultat des courses, quand je prends quelque chose en main, un œuf par exemple, ça passe à travers et ça tombe par terre ! Et je ne te raconte pas le bazar pour trouver des *shoes* avec mes pieds troués. Une vraie galère !

Mémé Cornemuse lui promit de recommencer et de ne pas le rater cette fois. Mais en échange, il devait la laisser épouser Jean-Claude.

— NON ! fit Jésus de sa voix gutturale. Pas tant que tu n'auras pas suivi des cours de tir.

— Dis, le hippie, tu ne vas quand même pas me casser les couilles le plus beau jour de ma vie, hein ?

Un clochard qui se prenait pour le grand Caruso réveilla la vieille en sueur.

Adieu les rêves bleus. Le curé s'était assis sur le gâteau nuptial et là-haut, Jésus rigolait comme une baleine.

35

Après avoir cuvé ses trappistes, la vieille put quitter le commissariat. Les flics la regardèrent partir avec soulagement, ouf, bon débarras. Elle avait foutu le souk dans le boxon. Et chanté du Annie Cordy avec une voix de poissonnière, au point que l'inspecteur de police l'avait menacée de la garder toute la nuit si elle ne se taisait pas. Il s'était fait traiter de tous les noms.

Une fois dehors, elle remonta dans son véhicule, direction les parents de Jean-Claude. Elle avait réussi à dénicher leur adresse, pas difficile, tout Knokke-le-Zoute était au courant.

Et hop un petit coup de rouge à lèvres piqué dans un magasin, du peps en bâton, dix ans de moins. Sauf que, comme elle n'avait pas ses lunettes, elle mâchura sa bouche genre tu t'es pris une bordure et tu t'es retrouvée avec la gueule par terre, façon le Joker dans *Batman*. Elle était persuadée d'être plus sexy que Pamela Anderson et vu que c'est l'illusion qui compte… Rouf rouf[1] Mémé Cornemuse s'en alla vers les sentiers de la gloire, ne craignant ni le vent ni les marées, et s'il fallait écraser

1. Dare-dare, magne-toi le train, quoi !

quelques touristes pour atteindre son but, c'était pas un problème, ôte-toi de là, Ducon. Mais à un moment donné, elle loupa la sortie vers Knokke et se retrouva embarquée dans une direction inconnue. Pas contrariée le moins du monde, elle continua sur sa lancée en se disant qu'elle prendrait un raccourci par les dunes. L'aventurier ne doute de rien.

Quand elle déboula au milieu des oyats, il faisait noir et ce qui devait arriver arriva : elle s'embourba comme une limace dans un chamallow. Qu'à cela ne tienne ! Il en fallait plus pour décourager la bête. Elle s'extirpa du véhicule, prit sa sacoche imitation croco, avec son flingue à côté de son décapsuleur, éléments indispensables de survie d'une exploratrice aguerrie, et elle brava la tempête de sable, tel Randolph Scott dans *Les Aventuriers du désert*.

Après avoir franchi les montagnes de la vallée de la Mort, avec ses bas de contention, Cornemuse aperçut enfin une lueur, là-bas au loin. Un mirage ?

Non, en s'approchant de la lumière, elle vit une gentilhommière, qui s'avéra être une baraque pourrie quand elle fut le nez dessus. Elle avait perdu ses lunettes dans le sable en évitant un poteau qu'elle avait pris pour un tatou géant, animal bien connu à la mer du Nord.

Et c'est là qu'elle faillit tomber de son chameau ! Devant elle, une fenêtre sale avec la trace d'une main ensanglantée… exactement comme dans le flash qu'elle avait eu en touchant le « pit-bull » du commissaire Léon. Car toute vérité se trouve dans le caleçon. Le reste, c'est que du vent.

Elle sortit son flingue de son cabas, Lucky Luke dans *Un jour viendra la vendange*, et elle longea le mur ébréché à pas de loup.

Ça allait saigner !

36

Poupouille se sentait un peu ballonné. Il avait bouffé une belle saloperie ! Et en plus, ça n'avait aucun goût.

Il alla se coucher dans son panier, histoire de digérer.

Gina, sa maîtresse, était en train de dresser la table pour le souper. D'habitude, il allait toujours renifler du côté de la cuisine, mais là, franchement, il n'avait pas le cœur à ça. Pourquoi est-ce que ce con de Riquet avait laissé traîner ce bazar par terre ? C'était vraiment un type bizarre… Quelle idée de s'attacher à un radiateur ? Peut-être avait-il froid ? Ou peur que le radiateur se barre ? C'est comme si lui, Poupouille, s'attachait à son panier ! Les hommes sont cons, j'te jure !

Ernest était affalé dans son fauteuil devant la télé, comme d'hab. Un vrai mollusque, celui-là. Poupouille n'aimait pas l'odeur de ses pieds ; ça sentait pareil que le cul du chien de la boulangère.

— Chou, t'as vu Poupouille ? Il a l'air tout flapi. Première fois qu'il ne vient pas voir ce qui se passe dans la cuisine.

— Mmm…

— Tu crois qu'il est malade ?

— Mmm…

— Ben c'est gai ! On se sent écouté, ici !

— Tu vois pas que je regarde la télé ?

— Toute façon, t'es toujours scotché à l'écran. Je vis avec un zombie.

— Si t'es pas contente, t'as qu'à aller voir ailleurs.

— C'est bien ce que je vais finir par faire.

— Bon débarras.

— T'as dit quoi, là ? s'énerva Gina.

Poupouille regardait ça d'un œil torve. Il ne comprenait pas ce que les humains se disaient, mais il sentait qu'il y avait de l'électricité dans l'air. La tension montait. Il avait l'habitude. Tous les soirs c'était pareil. Ça se terminait par Gina qui allait se coucher et l'autre puant des pieds qui restait à baver devant la fenêtre lumineuse. Qu'est-ce qu'il pouvait bien trouver d'intéressant à toutes ces images qui bougeaient ?

Soudain, une sonnerie retentit dans le bide de Poupouille ! La musique de « La Carioca » résonnait dans ses tripes…

Gina sursauta !

— T'as entendu, Ernest ?

— Non.

— Y a ton GSM qui sonne.

— Pas possible, je l'ai éteint pour pas être emmerdé. D'ailleurs si je pouvais t'éteindre aussi, ça m'arrangerait bien.

— Ah c'est gentil, ça ! Je m'démène pour te faire à manger, laver ton linge, nettoyer la baraque, et voilà ma récompense !

— Normal que tu fasses tout ça, t'es une femme.

— Ben tiens… Écoute ! Ça sonne encore.

— C'est ton G.

— Non, j'ai plus de batterie, faut que je le mette à charger.

— Alors c'est celui de ton amant qui s'est caché dans le placard.

— T'es con ! Chut ! Écoute... On dirait que ça vient du panier du chien.

Gina fonça vers Poupouille qui se tortillait. Ce truc qui vibrait dans ses tripes le chatouillait.

— Ernest, y a Poupouille qui sonne !

— N'importe quoi.

— Si, je t'assure !

Elle souleva la queue du clébard et y colla son oreille.

Conditionnée par un réflexe comportemental instinctif soumis aux stimulations exogènes du milieu ambiant et de l'état physiologique de l'individu, Gina dit :

— Oui mais allô quoi ?

Réagissant à l'ensemble des phénomènes pathologiques survenant à la suite de l'introduction à l'intérieur de l'organisme d'un corps considéré comme élément étranger, Poupouille faillit lui péter le tympan en lâchant une caisse.

Et dans un relent de survie, il vomit le GSM de son voisin.

Oufti[1] !

1. Ouf en liégeois.

37

Mémé Cornemuse trébucha sur ce qu'elle crut être un vieux tapis roulé, genre rouleau de printemps pourri et tout mou. Malgré l'ampoule qui grésillait au plafond, elle n'y voyait pas grand-chose. Elle lâcha un « saperlipopette » façon capitaine Haddock qui aurait perdu sa pipe. Se tenant le dos à cause de ses courbatures, elle se pencha et réalisa qu'elle venait de shooter dans un corps inanimé. Pas pour longtemps ! Un grand coup de tatane dans le bide réveilla le mort. Jésus n'avait pas fait mieux avec Lazare, car il lui avait fallu trois jours avant qu'il ressuscite.

Le gisant souleva sa paupière de dix kilos et aperçut le diable. L'enfer de Dante. Mais ici point de purgatoire, ni de paradis. Juste la vision apocalyptique d'une vieille bique avec un flingue.

— T'es qui, toi ? railla-t-elle.

— Ding Dong.

— Ah oué, t'es vraiment sonné !

— Y… Y s'est évadé !

— Qui ça ?

— Ben Jean-Claude… Mes frangins vont me tuer.

— Eh, tu parles de qui, là ?

— Ben de JCVD.

— Potferdoume[1] ! et tu l'as laissé s'échapper, espèce de crétin ?

— Ben, je voulais qu'il m'apprenne à faire son fameux coup de pied circulaire, pour épater ma mère...

— Ouais, le mawashi.

— Ah, vous connaissez ?

— Un peu que je connais ! Et alors ?

— Alors il m'a demandé de le détacher parce que, avec les mains liées, c'est pas facile. Il était sympa, on rigolait, tout ça. Il m'a même parlé de sa sœur.

— Véronique.

— Oui. Ben dites donc, z'êtes grave sur le coup !

— Ouais. Et alors ?

— Ben il m'a montré et j'ai pris un grand coup de pied dans la tronche, puis j'ai vu des étoiles.

— Bethléem n'est jamais loin de ceux qui avancent à dos de baudet, conclut la vieille.

— Il faut que je le rattrape, fit Ding Dong en tentant de se redresser.

— Non, je m'en charge.

Et vlan ! Elle lui envoya son pied dans la tronche, façon Bruce Lee dans *La Fureur du dragon*. Pas besoin de parasites dans ses pattes.

Cette fois, en plus des étoiles, Ding Dong entendit des cloches. Celles de Rome qui venaient déposer des œufs de Pâques dans son jardinet. Kinder, l'ami des enfants, lui réservait encore bien des surprises !

---

1. Injure bruxelloise que la décence m'interdit de traduire.

38

Après analyse minutieuse du GSM régurgité par Poupouille, Gina et Ernest, fins limiers, dignes de Gibbs dans *NCIS*, eurent l'extraordinaire initiative de former un numéro de tél au hasard.

— Salut, Riquet. Ça va, vieux pédé ?

Ils raccrochèrent direct. Ils en savaient assez ! Mais bon sang, mais c'est bien sûr ! Ils tenaient entre leurs mains le GSM de leur voisin chauffeur de taxi.

— Il est tard, on ira lui rendre demain, conclut Ernest.

— T'as raison, chou.

Femme soumise, femme dans la mouise.

Riquet allait passer la nuit attaché à son radiateur, avec le feu aux fesses. Merci, les voisins ! Et les kidnappeurs auraient tout le loisir d'aller jouer au golf à Knokke-le-Zoute.

Pendant ce temps, Poupouille, soulagé d'un grand poids, s'affala dans son panier, comme son mémaître, et rêva qu'il se faisait lécher les balloches par une chienne lubrique, du nom de Stanley, une transsexuelle, parce que les chiens aussi ont droit à leurs fantasmes.

39

C'est à grandes enjambées que Mémé Cornemuse suivit les traces de son idole dans le sable. Comme une fine bruine avait humidifié le sol et qu'elle avait piqué la lampe de poche de l'autre incapable, ce fut un jeu d'enfant.

N'empêche qu'elle râlait sec ! À quelques minutes près, elle venait de louper Jean-Claude. Elle priait tous les saints, y compris ceux de Pamela Anderson, pour retrouver le fugitif avant tout le monde. Sa ferveur fut récompensée ! Elle l'aperçut là-bas au loin et poussa un cri… Au fond de son cœur enserré dans un soutien-gorge Playtex, bonnet G avec armature en dentelle extensible, 81 % polyamide, chouravé dans une boutique de lingerie, elle entendit la voix de Dalida.

JJ, c'est toi là-bas dans le noir ?
Attends, laisse-moi te regarder
Mais tu pleures ?
Tu pleures, JJ ?
Ça n'a pas été là-bas, hein ?
Et alors, et alors, qu'est-ce qu'ils comprennent
Ces Américains, à part le rock et le twist, hein ?

Ma JJ, qu'est-ce que tu croyais devenir comme ça, JJ l'Americano ?
Tu es du plat pays
Écoute ketje, André Verchuren[1] *joue de l'accordéon pour toi, là-haut sur son nuage…*
Mais tu ne peux pas t'en aller comme ça !
Ici tu es chez toi.
Ici tu es le roi.
Arriva JJ l'amoroso
Croqueur d'amour, l'œil de velours comme une caresse
JJ l'amoroso,
Toujours vainqueur, parfois sans cœur
Mais jamais sans tendresse…

C'est en plein trip lyrique que Mémé Cornemuse s'élança vers son dieu vivant.

Pretty Woman dans les bras de Richard Gere, Meg Ryan prête à passer une nuit blanche à Seattle avec Tom Hanks, Loretta Young aux pieds de Rudolph Valentino déguisé en cheik arabe au milieu des dunes… Bob et Bobette dans la météorite mutagène.

Submergée par tant d'émotion, *full of* béatitude, pompaf d'amour, Cornemuse s'écroula dans les bras de son Brad Pitt *from* Knokke-le-Zoute, plus beau que lui tu meurs.

Elle haletait comme une bête sauvage, épuisée d'avoir traversé le désert de Gobi. La mer du Nord est en Mongolie.

Désemparé, Jean-Claude ne put que lui dire ceci :

---

1. Le Belge André Verchuren était surnommé le roi de l'accordéon.

— *Quand tu as besoin de boire ou que tu es déshydraté, je n'ai qu'un seul conseil à te donner : avale ta salive, c'est comme ça que Jésus est arrivé à survivre en plein désert, de plus ça épuise pas le sol et tu es écolo.*

40

Chez les Pignet, ça bardait ! Pour se donner du courage, Ding Dong s'était beurré la gueule, amis du goulot bonjour, ce qui n'avait rien arrangé à l'affaire... Furax, Paic lui avait donné un coup de boule tandis que Phildar, retenu par sa mère, tentait de le tuer avec le vase de nuit du pépé. Ambiance !

Bien sûr, Ding Dong avait un peu arrangé la réalité et raconté que JCVD s'était détaché tout seul... La faute à qui, hein ? À Paic qui avait mal fait les nœuds.

— N'empêche, c'était toi le responsable, t'avais qu'à mieux le surveiller, nous on peut pas tout faire.

Comme toujours les deux blaireaux faisaient bloc contre le cadet, démontrant une fois de plus la devise des Wallons : c'est todi li p'tit qu'on spotche[1].

En plus, Bertine était très déçue. Elle avait rêvé d'une photo dédicacée de la star, qu'elle aurait mise en évidence sur son buffet. Ses fils étaient des imbéciles comme leurs pères respectifs, c'est certain qu'ils ne tenaient pas de sa famille.

Et pour couronner le tout, Félix déboula en trombe,

1. C'est toujours le petit qu'on écrase.

le maillot plein de sueur et le casque de guingois. Visiblement, il avait pédalé comme un dératé.

— Vous ne savez pas la nouvelle ? fit-il, haletant.

Silence de mort.

— Jean-Claude Van Damme a été kidnappé !

Les frangins se regardèrent, tandis que Bertine jouait à merveille la femme étonnée.

— Ah ben ça alors ! Quelle affaire !

— Oui, c'est terrible ! dit Félix. Je ne vais pas pouvoir aller tondre leur pelouse cette semaine avec tout ça.

Que Jean-Claude soit séquestré dans une infâme cave puante avec des araignées géantes et des rats cannibales, il s'en foutait. Monsieur ne pensait qu'à son gazon et à son pognon.

On a beau avoir les panards dans le fumier, c'est pas pour ça qu'on n'a pas de principes ! Et Bertine fut sincèrement choquée par la réaction du champion de la pédale. Du coup, il tomba de son podium.

Phildar emmena ses frangins dans le garage, lieu de réunion habituel, et décréta qu'il fallait passer au plan d'urgence, à savoir foutre le camp fissa.

— Le chauffeur de taxi n'a vu que nos cagoules, décréta Paic.

— Oué, mais JC ? Il a vu ta tronche ? demanda-t-il à Ding Dong.

Celui-ci fut bien obligé de dire oui. Il inventa une scène digne d'un film d'action américain : selon lui, Jean-Claude avait bondi par-derrière comme un animal sur sa proie, puis il lui avait fait un ude-garami[1] suivi d'un hizi-gatame[2], pour finir par un katate-jime[3].

---

1. Clé avec le bras plié.
2. Contrôle avec le genou.
3. Étranglement avec une main.

Petit conseil d'ami : faut même pas essayer…

Et zou ! Tête des frangins ! On peut être con face à un océan et avoir un neurone qui scintille devant une bassine.

Ne cherchant pas à approfondir la chose, les frères Pignet décidèrent de se casser vite fait, au revoir *casa* de mes amours, maman on t'enverra une carte postale des Caraïbes achetée à Béziers.

Pour brouiller les pistes et avoir un max de chances de s'en sortir, les frangins décidèrent de se séparer.

Et bien sûr, Ding Dong ne parla pas de la vieille groupie de JCVD qui avait vu sa face de loser.

41

Complètement éblouie par son idole, pire que si on lui avait braqué le phare d'Eckmühl dans la tronche, Mémé Cornemuse n'arrivait plus à avaler sa salive. Elle parvint cependant à articuler ces quelques mots :

— Je suis venue te sauver, mon JC.

Jean-Claude observa la chose qui se tenait devant lui et pensa que si Marie Madeleine avait ressemblé à ça, Jésus serait remonté direct là-haut, sans passer par la croix et tout le tralala. Mais là où il était, en plein milieu des dunes, pas de *lift to go away*. Coincé qu'il était avec la vieille qui le fixait de ses yeux baveux.

— J'ai une cage, je peux te ramener chez toi.

— Ah, *yes* ! bon plan.

Il suivit donc sa bienfaitrice qui faisait des enjambées spectaculaires à cause de ses godasses qui semblaient s'enliser dans les sables mouvants. Au bout de quelques mètres, Cornemuse trébucha et s'étala de tout son long, offrant ses dessous affriolants à la star, merci Damart.

L'ayant fait exprès et persuadée que son idole allait succomber à ses charmes, Cornemuse attendit qu'il vienne lui prodiguer du bouche-à-bouche. La vieille ne doutait de rien et surtout pas de son charme à faire péter le cœur d'un veau. Mais le bonheur n'était pas dans le pré, ni à la plage. JC se contenta de lui tendre la main pour l'aider à se relever.

C'est parce qu'il est trop excité. Je le trouble…

Elle se releva et tenta de retomber dans ses bras, mais il avait déjà dégagé le terrain.

— Ma voiture est là. Faut juste la sortir du bourbier.

Ni une ni deux, JC fit suinter ses biceps et hop, il glissa quelques bois de flottage sous les roues, en route pour de nouvelles aventures !

La vieille prit le volant et fonça. JC attacha sa ceinture…

— Dites, fit-il, qu'est-ce qu'une dame de votre âge fait ici *at night* ?

— Qu'est-ce que tu entends par une « dame de mon âge », hein ?

— Ben… C'est pas une heure pour sortir. Vous risquez de vous faire attaquer…

— Ah ! Ah ! T'es un comique, toi ! T'inquiète pas pour moi, je suis blindée. Tu crois quoi ? Que j'ai une trousse de maquillage dans ma sacoche ? Bon… Passons aux choses sérieuses. Je suis allée voir tes parents et ils sont d'accord.

— Hein ? Vous connaissez *daddy* et *mamy* ?

— Un peu, mon n'veu !

— Et ils sont OK avec quoi ?

— Ben pour que tu m'épouses, tiens ! Ça fait des plombes que je fantasme sur toi, d'ailleurs, *look* derrière, y a ton portrait dans le cadre. Mais t'es plus beau en nature !

— Euh, *it's a joke* ?

— Quoi ça ? je comprends pas ton charabia, cause *französisch*.

— C't'une blague ?

— Pas du tout ! On va se marier. T'es content ?

— Mais *I'm married with Gladys* !

— Ça je sais, dis ! Je connais tout sur toi et même plus que ce que tu sais sur toi-même. Je te cite : *Ma femme n'est pas ma meilleure partenaire sexuelle, mais elle fait très bien le ménage.*

— J'ai dit ça ?

— Oué, je l'ai lu dans les magazines people. Bref, je t'annonce que moi, c'est tout le contraire. Je suis une bombe côté cul, mais côté ménage, je trouve d'autres usages au plumeau que celui de prendre les poussières. Donc, ce que je te propose, c'est de virer la Gladys de ton pieu et de lui acheter un tablier. Tu l'engages comme boniche et moi je m'occupe d'astiquer tes muscles. Qu'est-ce t'en dis ?

— Ah ! Ah ! Tu me crois vraiment aussi naïf ? J'ai compris *in my mind* que tout ce cirque, l'enlèvement et tout le bazar, c'est pour la caméra cachée. Je vous ai repérés, les gars !

— Ah oué, et comment tu veux qu'on filme ? Fait noir comme dans le sphincter d'un babouin.

— *T'as pas besoin de flash quand tu photographies un lapin qui a déjà les yeux rouges.*

— Je ne plaisante pas. Je veux t'épouser. Ça fait des années que j'attends ça. J'ai déjà ma robe avec des brandebourgs, les mêmes que ceux que Mathilde avait sur son tailleur quand Flupke est passé roi des Belges. Et avec ça, j'ai des chaussures en imitation peau de vache. Une merveille !

— Écoute… tu devrais aller voir un psy et lui lâcher tout ce que tu as *in the box of* ton cœur.

— Ah ça, jamais ! Il faut se contenter de vivre les

choses. Quand on les dit, on leur donne de l'importance. On les tatoue. Idem quand tu fais des conneries, faut pas les raconter. Parce que si t'en causes, c'est comme si tu les prenais en photo. Tu piges, biquet ?

— Euh...

— Pas grave. Quoi qu'il arrive, ferme ta gueule.

— T'as raison. *J'aime bien les gens intelligents, comme j'aime bien des nains qui savent peindre.*

— Y a qu'une recette : apprends à devenir spectateur de ta vie. Rigole de tes malheurs, envoie-toi en l'air et fais-toi plaisir, gamin. Le reste, c'est boules de shit.

— Tu sais que tu commences à me plaire, toi ?

— Ah ben tu vois..., fit-elle en lui plaquant la paluche sur l'entrejambe.

— *Oh my God !* Pas à ce point-là.

— Bon, on va passer les préliminaires. Toute façon, ça sert à rien.

Cornemuse braqua vers la bande d'urgence et stoppa net.

— *What are you doing ?*

— T'inquiète, dans deux minutes tu sauras même plus comment tu t'appelles.

La vieille n'eut pas le temps de dire paf qu'elle reçut une caramelle[1] en pleine tronche. Et elle s'affala, sonnée, sur les genoux de son idole.

Grand silence.

— Ho ! *Wake up !* Réveille-toi ! J'ai pas voulu taper si fort. Juste une pichenette, mais c'est parti tout seul.

Mémé Cornemuse ne bougeait plus.

Embarrassé, JC la secoua doucement. Coriace, la vieille revint vite à elle, mais vu la position affriolante

1. Une baffe.

dans laquelle elle se trouvait – le nez dans les bijoux de famille de la star –, elle décida de ne pas bouger. Tout en faisant la morte, elle tenta de glisser sa langue dans l'interstice de la braguette de Jean-Claude. Pas de bol, il s'en aperçut et la dégagea de son froc. Il trouvait que le jeu de la caméra cachée allait trop loin. Sûr qu'il allait se plaindre au producteur !

— Maintenant ça suffit ! se fâcha-t-il. *Enough ! Now*, tu me ramènes chez mes parents ou je me fâche tout rouge.

— Je te plais pas ?

— Non. Démarre ! Go !

— Ah là, tu me déçois ! Moi qui croyais que t'avais du goût. Bon, ben puisque c'est comme ça, on va employer les grands moyens.

Elle ouvrit sa sacoche et en sortit un flingue qu'elle braqua sur la tempe de JCVD.

— *Selon les statistiques, y a une personne sur cinq qui est déséquilibrée. S'il y a quatre personnes autour de toi et qu'elles te semblent normales, c'est pas bon.* Là, on est dans la statistique. T'es *crazy*. Complètement zinzin.

— Je prends ça pour un compliment.

— *My philosophy n'est pas un pyjama troué.*

— Perso, je préférerais que tu dormes à poil. Surtout pour notre nuit de noces.

— *Never !* Jamais de la vie je coucherai avec toi.

— T'as tort. Avec moi, tu vas vivre un vrai tsunami ! Ton lit sera pareil à un paysage dévasté par une boule de feu, comme Rascar Capac, la momie inca dans *Tintin*. Tu planteras ton marteau-piqueur dans la source intarissable de mes entrailles en fusion, et du volcan de nos amours jaillira la lave sacrée.

— *Si tu travailles avec un marteau-piqueur pendant un*

tremblement de terre, désynchronise-toi, sinon tu travailles pour rien. Bon, *now*, fini de rigoler. Je rentre chez moi à pied.

Au moment où JCVD allait ouvrir la portière, Cornemuse redémarra d'un coup sec, le flingue toujours pointé sur son passager.

Elle avait attendu des années pour rencontrer son idole, et elle ne le laisserait pas s'échapper.

En quelques secondes, elle venait d'élaborer un plan machiavélique...

42

Paic avait réussi à embarquer clandestinement dans un camion, entre des caisses de topinambours destinées à l'Espagne. Sans doute une envie de retrouver ses racines puisque son géniteur était, d'après sa mère, un danseur de tango aussi habile à claquer les castagnettes que le pognon. Après un voyage mouvementé (le conducteur était beurré), il arriva, ô miracle, à Barcelone. Ne pétant pas un mot de la langue de Goya, il passa sa première nuit sur un banc, derrière les feuillages d'un parc.

Au petit matin, il alla piquer quelques fruits à la devanture d'un épicier et se débrouilla pour voler un pantalon et une chemise d'hidalgo sur un marché. Il partait du principe que si t'es nippé comme un tombeur, t'auras jamais la dalle.

Il se balada un peu dans le centre-ville, passa devant les merveilles de Gaudí sans même y jeter un œil, et finit par repérer une petite dame à l'âge avancé, qui tirait la langue pire qu'un chien de traîneau, avec ses sacs à provisions.

Arborant un grand sourire Gips, la moumoute lustrée par un chouia d'huile de vidange pour un effet gominé, il lui fit comprendre qu'il voulait l'aider à porter ses paquets. L'aubaine ! Y a un bon Dieu pour les vieux…

Elle accepta de bon cœur. Et l'emmena jusque devant son immeuble, *carrer de la Princesa*, où elle le remercia, *muchas gracias, señor*.

Il fit semblant de ne pas comprendre et entra avec elle. Mais qu'il était gentil, cet *hombre*, *madre de Dios* !

Il se coltina donc les cinq étages sans ascenseur, chargé des merdouilles de la *mamá*, ce qui, putain, lui fit des auréoles comme des demi-camemberts sous les bras, tachant sa belle chemise mauve satinée.

Paic espérait que le jeu en valait la chandelle.

Il ne fut pas déçu. L'intérieur était modeste, mais en sirotant l'infâme café préparé par la mémé en guise de remerciement, il eut le temps de repérer quelques objets de famille dont il pourrait tirer un bon prix.

Mme Fiona Mataz, c'était son nom, répétait toujours la même chose : « *Bravo, hombre !* »

Paic se dit qu'elle allait sûrement allumer une bougie à la Santa Maria, quand il serait parti.

Seulement voilà… Il n'avait pas du tout l'intention de s'en aller. Du moins dans l'immédiat.

Profitant que la vieille avait le dos tourné pour fouiller dans son buffet à la recherche de polvorones[1], il détacha la ceinture de son pantalon et, avant qu'elle ne se retourne, lui serra le cou avec.

La boîte en fer qu'elle tenait vola au milieu de la pièce, dispersant les biscuits sur le carrelage.

Paic se pencha et en ramassa un qu'il croqua. Faut pas gâcher…

---

1. Biscuits espagnols composés de farine, sucre glace, huile d'arachide et cannelle. Miam !

43

La vieille roulait comme une ouf sur la route longeant la mer. Soudain, elle bifurqua vers un petit chemin qui serpentait dans les dunes.

— Hé, s'insurgea Jean-Claude, *it's not the way to go* chez mes parents…

— C'est pas là qu'on va.

— Et on va où comme ça ?

— Surprise !

Il ne put lui arracher un mot de plus durant tout le trajet. Il eut beau la supplier, lui expliquer que sa famille allait être morte d'inquiétude, que son chien allait déprimer et que son canari risquait de se suicider, rien n'y fit.

Mémé Cornemuse avait mis un cadenas sur sa bouche.

C'est quand elle stoppa devant un bunker à demi caché par des feuillages qu'il comprit.

La vieille l'obligea à descendre et, le flingue toujours pointé sur sa tempe, elle extirpa du matos de son coffre. Ensuite, elle obligea Jean-Claude à avancer jusqu'à sa prison. Les branches des arbustes secs lui griffaient les bras. Ça lui faisait penser à la forêt qu'il avait dû traverser dans *Welcome to the Jungle*… Et il tenta de détourner l'attention de sa kidnappeuse en lui expliquant que *si t'es perdu dans la forêt et que tu restes immobile pendant deux ans, il va pousser de la mousse sur un côté de tes jambes. C'est le Nord.*

— Avance, gamin ! se contenta de dire Cornemuse.

Il sentait bien que le charme était rompu et qu'il n'était plus sur un piédestal. Il l'avait contrariée en refusant de l'épouser, et ça, elle ne le lui pardonnerait pas. Et s'il la bernait ? S'il lui faisait croire que finalement, elle lui plaisait ? Une fois la bête adoucie, crac ! Il lui donnerait un petit coup de boule et au revoir, bobonne.

— Il faut qu'on cause, décréta JCVD.

— *Game over.* Trop tard.

— Il n'est jamais trop tard. *La vie, c'est plus dur que du pain d'épice.*

— J'ai un bon dentier.

— Allez, crois-moi, j'ai réfléchi.

— Ah oué ? C'est pas toi qui as dit que quand on change d'avis on est bipolaire ?

— Alors OK, je suis bi. J'assume.

— Tu risques de te perdre à ce jeu-là, objecta la vieille.

— *Quand on se perd, on se retrouve.*

— Moi, je ne me perds jamais. J'ai une boule de cristal dans la caboche.

— Ah ? T'es voyante ?

— Oué. Extraglucide.

— *Si tu téléphones à une voyante et qu'elle ne décroche pas avant que ça sonne, raccroche.*

— J'ai pas le téléphone.

On était arrivés et JC avait toujours le flingue pointé sur lui. Là, il tenta son fameux coup de pied légendaire, mais contre toute attente, la vieille l'esquiva. Elle le connaissait par cœur, se l'étant repassé en boucle sur sa collection de DVD (elle avait tous les films de Jean-Claude).

Soufflé par les réflexes de la vieille bique, JC resta coi.

— Allez ouste, rentre là-dedans, fit-elle en le poussant à l'intérieur du bunker.

Là, elle l'attacha à un anneau rouillé rivé dans le mur en béton avant d'enlever sa culotte XXXL que tu peux faire un tipi avec.

Qu'est-ce qu'elle concoctait, cette vieille dingue ? JCVD avait affronté les crocodiles, les araignées géantes et les serpents. Il avait décimé une armée de terroristes à lui tout seul, mais jamais il n'avait eu aussi peur qu'en ce moment. À l'idée que cette furie pouvait lui sauter dessus, il se mit à trembler. *Nooon, pas ça ! Help me, please !*

Mais Mémé Cornemuse se contenta de lui fourrer sa culotte – ou du moins une partie – dans la bouche.

— Comme ça, fit-elle, tu ne pourras pas gueuler. Mais ça t'empêchera pas de penser. Alors, réfléchis bien à ma proposition de mariage. Et si c'est oui, tes mômes, tu les laisses à ton ex. J'en veux pas dans mes pattes. Les enfants, c'est comme les pets, y a que ceux qui les font qui les supportent[1]. Et t'as intérêt à me dire *yes*, sinon, je me casse avec Booba à Pattaya.

Sur ce, elle disparut dans la brume.

1. De Jean-Yves Tual (le Pin's dans mon film *Madame Édouard*). C'est pas de lui, mais c'est lui qui me l'a dit.

44

Phildar s'était barré à Penmarc'h, en Bretagne, plus précisément en pays bigouden, dans le Finistère, où il avait un cousin nommé « Jacky l'andouille », qui tenait une boutique de produits locaux pas loin de l'église. Il avait toujours aimé la mer. Ça lui calmait les nerfs.

Premier jour de son arrivée, on fêta ça au chouchen. Il prit la biture de sa vie ! Habitué au pinard et à la bière, Phildar se retrouva dans les rochers avec des goélands masqués, en train d'appeler sa mère. C'est Roger le moustachu, figure locale, qui le découvrit et l'emmena chez Marie Cats, un bistrot sympa sur la plage, afin de retrouver ses esprits, partant du principe qu'il faut guérir le mal par le mal.

L'air du large allait lui faire du bien.

Cahin-caha, Phildar Pignet reprit du poil de la bête et s'enfila quelques verres pour pousser les autres hors de son estomac. Avec le crachin qui lui fouettait la tronche, il finit par récupérer et retrouver les routes de la gloire. Mais il ne retourna pas chez son cousin qui lui avait proposé, ô horreur, de lui donner du boulot. Il avait été bien naïf de croire qu'on pouvait compter sur la famille !

Phildar décida donc, après avoir humé les embruns,

de reprendre la route vers le sud. Là-bas, les gens sont plus fainéants à cause de la chaleur et ça lui conviendrait mieux. Il avait toujours détesté les hommes courageux. Trouvait que ça ne servait à rien de se casser le cul alors qu'il suffisait de piquer du pognon. Si le coup avec JCVD avait réussi, ses frangins et lui seraient blindés à l'heure qu'il est. Ils rouleraient en Aston Martin vers Monaco, à nous les palmiers et les princesses fourrées à la vanille !

Enfoiré de Ding Dong !

Phildar fit du stop. Un brave homme s'arrêta. Il avait mal au cœur de voir un de ses semblables sous la drache.

Sauf que Phildar, il n'était semblable à personne.

Le gentil conducteur se retrouva à poil et sans bagnole sur une aire d'autoroute.

Phildar lui avait piqué sa cage, ses fringues, son larfeuille et sa femme qui roupillait à l'arrière. Il s'arrêta un peu plus loin, la sauta et s'en débarrassa.

Faut pas s'encombrer de choses inutiles.

45

Cornemuse avait décidé de mettre tous les atouts de son côté afin de faire craquer son idole. Elle se fit un look baroudeuse bio, modasse top tendance, avec une jupe à carreaux, longueur entre midi et 14 heures. Elle avait lu dans la rubrique « William, à l'aide[1] ! » que cette année, les carreaux étaient à l'affiche sur tous les podiums et qu'il fallait oser un total look tartan. Elle osa. Pour casser le côté show et devenir une vraie fashionata, elle avait enfilé un pull tricoté main (très tendance aujourd'hui, depuis l'arrivée des cafés tricots), au-dessus duquel elle avait mis un perf noir clouté, histoire de manier le look preppy. Le tout avec des boots open toes, prenant soin de vernir en rose fluo les orteils qui dépassaient. Sur sa tronche, elle avait étalé en couche épaisse une crème micro-dermabrasion bourrée d'oligoéléments et d'enzymes gloutons qui se goinfrent de rides, promesse d'une peau pulpy.

Avec ça, si l'autre Choupinou ne craquait pas, c'est qu'il était pédé.

C'est donc dans cet état de totale illusion, engendré par

1. *Voici.*

les arnaques publicitaires dans lesquelles la gent féminine tombe à pieds joints, qu'elle se pointa dans le bunker de la dernière chance. Au loin, elle le vit comme un mirage, surmonté de la fée Clochette lâchant des paillettes avec sa baguette magique au-dessus du palais de la Belle au bois dormant. Le prince qu'elle avait laissé là allait sûrement tomber baba de son trône quand il verrait la princesse hyper sexy qu'elle était devenue. De nos jours, c'est pas difficile. Suffit de faire un trou dans ton vieux gilet tricoté au point mousse par la tante Paula et de dire que c'est vintage. Et si tu veux le vendre très cher, tu ajoutes que c'est un Vivienne Westwood. L'ère bobo a plein d'avantages...

Tout en pataugeant dans le sable mouillé par le crachin, Cornemuse fantasmait. Devant la bête de sexe qu'elle était, JC allait craquer, larguer sa légitime, épouser super-mémé et peut-être même – rêvons ! – en faire la vedette de son prochain *movie*. Elle allait devenir la James Bond girl du Kung Fu Fighting et rouler des pelles à Bruce Willis. Le pied ! Elle se voyait déjà à Cannes au bras de Bruce, en train de monter le tapis rouge, entourée d'une horde de fans en délire qui lui réclamaient un autographe. Elle les entendait murmurer : « T'as vu ? Il s'est remis avec Demi Moore depuis qu'elle a changé de chirurgien esthétique. Quelle réussite ! » Spielberg l'attendait sur la dernière marche pour lui proposer un remake d'*ET* (non, pas pour jouer ET, mauvaises langues... pour reprendre le rôle de la gamine, tellement elle avait rajeuni grâce au lifting qu'elle avait pu s'offrir avec ses cachets de star). *Tremble, Eva Mendes ! Mémé Cornemuse is coming !*

Tel Lawrence d'Arabie, elle s'enlisait dans les sables mouvants de ses pensées – et des dunes. C'est le film qui avait incité JCVD à s'évader loin du ciel gris de la

Belgique et à atteindre la grandeur des choses. Elle l'avait lu dans sa biographie. Un PD mégalo qui te donne envie de quitter le plat pays…

À cause de ses shoes pas vraiment adaptées aux traversées du désert, elle se mit à haleter comme un bœuf qui court le marathon de New York et elle se découragea. Le bunker était encore loin et la pluie, de plus en plus drue, aplatissait ses crolles obtenues laborieusement avec trois bigoudis Flexi Rods, genre saucisses roses et molles qu'elle avait enroulées autour de ses poils disséminés. Une heure après, on aurait dit qu'on lui avait fait éclater un pétard sur le caillou. Joyeuses fêtes, Germaine ! Elle se trouva sublime, forcément sublime. Y a pas plus menteur que l'œil de l'amour – surtout envers soi-même.

Peu importe, ce qui compte, c'est l'image qu'on a de soi. Ce que pensent les autres, on s'en fout.

À bout de forces, elle tomba. Soudain, elle entendit la voix de Jean-Claude lui murmurer à travers le vent du Nord, *Never give up baby*[1] ! Ce qui fut dit des années auparavant par Jésus rencontrant le paralytique : « Lève-toi, prends ta civière et rentre chez toi. »

Forte de ces pensées positives, Mémé Cornemuse se releva, prit sa sacoche et continua son chemin.

Chez elle, c'était là où elle voyait fleurir son bonheur, et nulle part ailleurs.

---

1. Ne renonce jamais !

46

Polka et Cha-Cha n'avaient plus de secrets pour Paic qui passait ses nuits à La Boîte à Frissons, un lieu rétro de Barcelone tenu par Mme Hervé, avec qui il avait sympathisé. L'endroit était hanté par les homos, les travelos et les couples gays qui venaient se saouler de nostalgie dans les bals musettes. À 12 h 30, les habitués se retrouvaient pour danser le madison et rêver sur les chansons de Julio Iglesias.

La vie était belle pour lui. Moins pour la *señora* Fiona Mataz qui croupissait en petites coupures dans le congélateur.

Ce n'était pas son plan de départ, mais l'affaire était partie en couilles et il s'était dit qu'après tout, il profiterait bien d'un petit séjour au pays des tortillas avec logement gratos. Les Espagnoles avaient le sang *muy caliente* et ça lui filait la trique, donc l'impression de rajeunir. Faut parfois peu de chose…

Tout se passait pour le mieux dans la capitale des castagnettes jusqu'au moment où un olibrius frappa à la porte de chez Mme Mataz alors que son nouveau locataire cuvait ses sangrias.

— *¡Hola !¡ Mamá !¡ Es Juan !*

Paic souleva une paupière (l'autre resta collée à cause des confettis qu'il avait ramassés sur la tronche). Il décida de ne pas broncher.

— *¡Mamá ! Abre me*[1]*!*

Au bout d'un moment, Paic entendit un craquement terrible qui le fit sursauter. Sueurs et tremblements ! Une armoire à glace en habit de *Guardia Civil* se tenait devant lui avec un air ahuri.

— *¿Dónde está mamá ?*

Paic comprit qu'il cherchait sa mère... Et il baragouina qu'elle était partie en vacances.

L'autre bibendum le souleva de terre et le relâcha, bang ! le cul sur le carrelage.

C'est là que Paic aperçut le couteau de cuisine qui avait volé sous la table quand il avait assommé la vieille avant de la trucider. Car il n'avait pas fait ça de sang-froid et avait pris soin de la mettre dans les compotes avant de tailler le morceau. On n'est pas des bêtes quand même !

Sauf qu'ici, il n'avait pas trop le temps de fignoler. Il attrapa le couteau et le planta dans le bide du flic, qui poussa un cri de goret. Bizarrement, il éprouva moins de scrupules qu'avec la *mamá*, destinée pourtant à mourir, selon Aznavour. Trouer la peau d'un poulet ne donne jamais mauvaise conscience à la basse-cour.

Le justicier s'écroula de toute sa masse sur le carrelage. Paic en profita pour se ruer dessus et remettre quelques coups. Il n'avait jamais été avare quand il s'agissait de remettre sa tournée. Juan Mataz poussa son dernier soupir.

Paic, qui avait toujours eu le sens pratique, entreprit de rafistoler la porte, sortie de ses gonds. Ses quelques

1. Ouvre-moi !

notions de bricolage servaient à quelque chose. Après avoir réparé la serrure et le verrou, il se sentait de nouveau chez lui.

Maintenant, il allait s'occuper de pépère qui commençait à salir le pavement avec son sang tout gluant.

Il le trimballa jusque dans la baignoire où il entreprit de le découper avec le couteau électrique. Un truc tout neuf (dont il s'était servi pour trancher les parties les plus coriaces de la mère) que visiblement elle n'avait jamais utilisé. Comme la plupart des vieilles personnes, elle était restée ancrée dans ses habitudes. Bonne affaire pour Paic, la lame coupait super bien.

Et le *Guardia Civil* alla rejoindre maman dans le congélo.

Paic, qui n'était pas un mauvais bougre, descendit acheter une couronne mortuaire qu'il plaça au-dessus du cercueil de glace. Et il alla même jusqu'à allumer une bougie à la Santa Maria.

Qué bonita la vida !

Il passa encore quelques folles nuits à Barcelone avant de se faire choper par les petits camarades du *sargento* Mataz qu'ils retrouvèrent en puzzle avec une jupe et des nichons.

Paic Pignet fut amené au poste, en tenue de danseur de castagnettes, complètement bourré. Il avait une gueule à récurer les bidets. Et clamait à tout le commissariat que son frère était le bras droit d'une grande star du karaté qui allait venir leur flanquer un coup de pied.

Impassibles, les flics, qui ne pétaient pas un mot de français, l'embarquèrent manu militari au trou où il finit de cuver ses sangrias et d'enterrer ses rêves.

47

C'est trempée comme un canari tombé dans une barrique de pinard que la vieille déboula dans le bunker. Tous ses efforts pour ressembler à Cindy Crawford avaient été réduits à néant par le climat pourri de la Belgique. Son total look tartan avait viré look tartare, les carreaux rouges ayant déteint. Quant au maquillage, c'était Barbara Cartland version Zavata.

— Hou ! Hou ! Jean-Claudeke, c'est moi ! Ta future épouse…

Pas de réponse. *Ou il s'est endormi en rêvant à moi, ou il s'est étouffé avec ma culotte… My god !*

Mémé Cornemuse hâta le pas. Arrivée dans la pièce où elle avait attaché son futur mari, elle ne put que constater qu'il n'était plus là ! Pfouit, envolé, volatilisé !

J'ai été trop longue à me faire une beauté. L'a pas l'habitude. Après des années de mariage, la Gladys doit se balader en jogging comme Julia Roberts depuis qu'elle a ses jumeaux. Moi, c'est la classe ! Il a dû s'impatienter et ronger ses liens. J'avais pas serré assez fort. Ou alors, il a été re-kidnappé par cette bande de nazes qui nous aurait suivis ?

En s'approchant de l'endroit où se trouvait JC, elle

découvrit une photo de lui dédicacée ! Le must ! Quel gentleman, ce Jean-Claude… On le voyait tout en muscles et sourire Vanish. Dans le bas du cliché, il avait écrit : « *Forget me. JCVD*[1]. »

Les notions d'anglais de Cornemuse étant limitées, elle comprit « *For* » et « *me* » et en conclut que c'était un message codé qu'elle traduisit : « Pour moi. » Donc pour elle.

« Get » ? Ça vient de guetter… Autrement dit, je dois guetter un signe de lui. J'ai pigé ! Il a dû réfléchir et penser qu'il valait mieux qu'il retrouve sa mégère pour la préparer à l'annonce de son divorce. Les meufs des stars ont tendance à pomper un max de pognon dans ces cas-là. Dans les autres aussi d'ailleurs. Et quand on voit comment elles sont habillées en privé, c'est à gerber ! Moi j'en ferai bon usage, de son fric.

Elle décida d'aller renifler l'ambiance du côté de chez les parents de son futur.

La pluie tombait toujours, telles des perles sur un pays où les rêves meurent dans les berceaux des enfants perdus.

Et elle, infernale gamine intemporelle, ne doutant de rien ni de personne, gambadait dans la vie avec des souliers trop grands. À l'image de ses espérances.

Peu importe, l'essentiel est de marcher, même si c'est à reculons. On apprend toujours quelque chose…

---

1. Oublie-moi.

48

Amateur de rock pur et dur, Phildar avait un tendon d'Achille : la chanson de Jean Ferrat « La Montagne ». De peur d'être la risée de ses frangins et de ses potes de beuverie, il n'avait jamais avoué ça à personne. Comme il savait que le chanteur avait vécu en Ardèche, il décida de prendre la route du soleil, direction Antraigues.

Il roula donc jusqu'à ce petit village et s'arrêta au milieu de la place où il avait vu son idole jouer aux boules à la télé. C'était pour Phildar comme un lieu de pèlerinage. Il pénétra dans Lo Podello, le resto fréquenté par Jean Ferrat au temps des beaux jours, comme s'il entrait dans une église. Il savoura quelques bières dont il laissa les premières gorgées stagner sur sa langue, pareil que si c'étaient des hosties. Puis il ressortit, resta un moment sur la place à se recueillir, et fit machinalement le signe de croix devant une vieille boule de pétanque abandonnée dans un coin. À chacun ses symboles.

Rempli de ces instants de béatitude, il reprit la route au petit bonheur la chance. Sans but bien précis. D'ailleurs pourquoi faut-il toujours en avoir un ?

C'est ainsi qu'il traversa Vallon-Pont-d'Arc et vit une

affiche indiquant qu'on pouvait sauter à l'élastique du haut du pont, curiosité naturelle d'une soixantaine de mètres, taillé dans la roche. Ç'avait toujours été son fantasme ! Et, en quelque sorte, si on creusait un peu, se faire attacher un fil à la patte, c'était pas loin de la laine dont il portait le nom, en souvenir de la tentative d'avortement de sa mère avec des aiguilles à tricoter. Analyser les choses donne un sens à la vie… On n'est pas des plantes ! Phil adorait les sensations fortes et l'adrénaline. Pas par goût du danger ou par envie d'en finir, non, paradoxalement, par défi à la mort. Il en avait une trouille bleue. Et estimait qu'en la bravant, il s'armait contre elle. Y avait personne sur le pont, sauf un gars qui attendait les amateurs de frissons. Il portait une veste rouge pour pas qu'on le loupe.

Phildar gara sa bagnole et fonça.

Le type voulait être payé avant. Au cas zou…

Après un raclage de fonds de poche, Phil lui tendit un billet. Faut pas mégoter sur le prix des caprices, ce sont les seules choses qu'on ne regrette en principe jamais.

Une corde élastique fut attachée aux chevilles de Phildar Pignet qui gonfla ses poumons et tendit les bras, comme le Christ rédempteur dominant Rio de Janeiro. C'est alors qu'il constata que la rivière était pratiquement à sec. Trop tard, il avait déjà sauté et peu importe puisque le gars lui avait certifié que c'était du solide.

Pendant sa chute vertigineuse, Phil ne pensa à rien qu'au plaisir de se sentir fabuleusement libre et de niquer la mort une fois de plus. Il eut même une légère érection, caractéristique des pendus, Dieu que la montagne est belle !

Et paf le yo-yo ! L'élastique se cassa et Phildar Pignet

s'écrasa contre les rochers. Un cas sur mille. C'était pour sa pomme.

Comme dit Paulo Coelho : « Si vous pensez que l'aventure est dangereuse, essayez la routine, c'est mortel. »

Phil était mort en réalisant son rêve. Le veinard !

49

Cornemuse tomba sur un cerbère en tenue de flic qui semblait garder la villa des Van Varenberg. Quand il vit débouler l'énergumène, il eut un haut-le-cœur. Pourtant, il en avait vu, des écrasés de la route et des tombés sur le béton du haut du cinquième étage. Mais des comme ça, jamais ! Il se demanda d'où sortait ce monstre… Un alien ? Une échappée du Bal du Rat mort[1] à Ostende ?

— Je suis la fiancée de Jean-Claude, décréta la vieille sans ambages. Il m'attend.

— Ça, ça m'étonnerait ! Il n'est pas là.

— Ah bon ? Et il est où alors ?

— À Hollywood, parti terminer son tournage. Il est venu rassurer ses parents et il a pris un taxi il y a un quart d'heure.

— Potferdek[2], j'ai mis trop de temps à me maquiller…

— C'est sûr que ça en valait la peine, se moqua le flic

1. Le Bal du Rat mort est un bal masqué et costumé qui se déroule à Ostende. Il est né au siècle dernier à l'initiative d'une bande de joyeux drilles, dont le peintre James Ensor.

2. Merde quoi !

qui comprenait pourquoi JCVD s'était dépêché de s'en aller.

Mémé Cornemuse calcula le temps qui lui restait pour arriver à l'aéroport avant le décollage. Pas une minute à perdre ! Elle fonça vers la bagnole de police garée devant la villa et s'installa au volant avant que l'autre truffe se rende compte de ce qui se passait. Les clefs étaient restées sur le tableau de bord. Et en prime, un sandwich au jambon stagnait sur le siège du passager.

Cornemuse mit les gaz à fond et démarra. Fangio au temps de sa splendeur…

Elle prit son virage sur la corde raide, fit grincer les pneus et poussa sur le champignon afin de dépasser tout le monde, *ôte-toi de mon chemin, crétin.* Histoire de dégager le passage, elle claqua la boule bleue sur le toit et mit la sirène en marche. On était dans *NYPD Blues.* Et cette saloperie de pluie qui collait des feuilles mortes sur le pare-brise ! Elle se regarda dans le rétroviseur et constata que son rouge à lèvres avait filé. En se penchant pour fouiller dans son sac après son bâton de Barbie rose fluo, elle entendit un bruit sourd, comme si l'âne de saint Nicolas était tombé du ciel sur son capot. Elle freina sec et constata qu'il y avait quelqu'un qui la regardait de ses gros yeux globuleux. Une mouche à caca avec un maillot jaune !

Elle sortit en claquant la portière, fumasse.

Pouvez pas faire attention, non ? Pauv'con !

— J'rouais à roite…

— Quoi ça ?

Le cycliste se redressa péniblement en se tenant les côtes. Vivant, mais amoché !

— Je roulais à droite, répéta-t-il avec difficulté, encore sonné par le choc.

— Ben fallait rouler à gauche. Abraham a dit : « Quand tu vas à droite, je vais à gauche ; quand tu vas à l'est, je vais à l'ouest. » Comme ça, on risque pas de se rentrer dedans.

L'accidenté reprit doucement ses esprits. Lorsqu'il reconnut l'espèce de dingue qui avait déjà failli l'écrabouiller alors qu'il réparait sa bécane sur le bas-côté de la route, lors de ses vacances dans le nord de la France, il blêmit.

— Encore vous ! s'exclama-t-il.

— Quoi, dis ? On se connaît ? On a gardé des caribous ensemble ?

— Vous avez déjà manqué de m'écraser sur le bord de la route, en France il y a quelque temps. Vous rouliez à gauche... Vous ne vous souvenez pas ?

— D'abord, je roule où je veux et c'est pas un blanc-bec sur un vélo à trois roues qui va me donner des leçons.

— Trois roues ?

— Oué, y en a une coupée en deux. Ça fait trois.

Lorsqu'il constata que sa bécane était bonne pour être exposée à Beaubourg dans l'espace d'art contemporain, il poussa un cri déchirant et s'agenouilla en joignant les mains. Il était au comble du supplice et implora la Vierge, son mari, son fils et son amant.

— Seigneur Jésus Marie Joseph, Gabriel ! Mon vélo ! Vous avez écrabouillé mon vélo !

La bécane ressemblait à un insecte recroquevillé, avec les tentacules en accordéon.

— Tout de suite les grands mots. Un coup de marteau et hop ! C'est bon pour le Tour de France.

— Vous êtes complètement maboule, hein ! s'écria le pauv' gars. J'étais dans mon bon droit, je pédalais gentiment sur le côté et vous avez fait une embardée. Vous êtes en tort.

— Non. Je suis dans une voiture de flics. Et la police n'est JAMAIS en tort.

— C'est vrai, ça ! constata le cycliste. Ils recrutent dans les homes[1], maintenant ?

— Fais gaffe à ce que tu dis, hein, blaireau, ou je t'embarque pour outrage à magistrat, moi !

— Ah, elle est bien bonne, celle-là…

— Bien. Ou tu continues à pied sous la drache, ou tu montes dans mon carrosse, mais alors tu fermes ta gueule, pasque je vais pas supporter. Tu m'as déjà fait perdre du temps et faut que je sois à l'aéroport dans dix minutes.

— Trop aimable…

Il se pencha pour prendre son vélo.

— Qu'est-ce qu'il fait, le maillot jaune ?

— Je ne vais quand même pas le laisser là…

— J'veux pas de ce tas de ferraille dans ma voiture, ça va salir les sièges. Allez, magne-toi, je démarre.

Le dieu de la pompe à vélo s'assit à l'arrière, évitant la place du mort.

— Dommage, fit Mémé Cornemuse, je t'aurais tâté la peau de chamois. C'est comment, ton petit nom ?

— Félix.

— Bonjour, Félix. Moi, c'est Mme Van Damme. Enfin, c'est imminent.

— Ah c'est drôle, ça ! Je suis jardinier chez les Van Damme justement.

— Lesquels ? Les vrais ? Les *the parents of the* Jean-Claude ?

---

1. Boîtes à strip-tease pour petits vieux en Belgique. Ou maisons de retraite, en France.

— Tout à fait.

— Ça alors ! J'aurais dû te ramasser la première fois que tu t'es jeté sous mes roues. J'aurais gagné du temps !

— Je ne me suis pas jeté sous vos roues, s'insurgea le cycliste, c'est vous qui…

— Tatata, on ne va pas en faire fromage qui va chier une pendule. Dis, tu broutes le gazon de ma belle-mère ?

— Euh… Jean-Claude est marié à Gladys, que je sache…

— Pff… T'es en retard d'une guerre, gamin. Il divorce pour m'épouser. D'ailleurs je vais le rejoindre à l'aéroport.

Une folle ! Je suis tombé sur une toquée qui a déjà failli me tuer une fois et qui fonce comme une malade dans une bagnole de flics. Félix, tais-toi… Fais semblant de rien… Et à la première occase, casse-toi ! C'est vraiment pas mon jour. Déjà que je viens d'apprendre que mes frangins sont des escrocs qui ont profité de moi pour commettre leur sale besogne et kidnapper le fils de mes patrons. Ah ça, le vieux m'a tout raconté pendant que la mère était partie aux commissions. Papy Lucien… Tout le monde le croit devenu muet et zinzin. Mais il entend tout ! M'a tout balancé ! Bande de salopards. Et la Bertine qu'était au courant… Sââlope ! Quand j'pense que je l'ai baisée. Me méritait pas. Des fois, vaut mieux rester en roue libre. Pas la peine de changer de braquet.

Écœuré, Félix avait décidé de ne plus jamais remettre les pieds dans sa famille de pourris.

La vieille ouvrit sa sacoche et sortit son flingue qu'elle pointa sur le roi de la pédale, devenu aussi jaune que son maillot.

— Maintenant, tu vas me donner son numéro de GSM.

— Je… Je ne l'ai pas !

— Menteur, j'suis sûre que tu le connais. T'as dû aller fouiller chez ses vieux pour l'avoir. T'es bien le genre. D'ailleurs les cyclistes, c'est toujours suspect. Viens pas me dire que c'est normal de se balader sur un engin à deux roues avec un boudin sur la caboche et une peau de chamois entre les couilles.

— J'vous jure sur ce que j'ai de plus cher – mon vélo – que je ne le connais pas. En plus, il change tout le temps. C'est sa mère qui l'a dit. Elle a un carnet rien que pour lui.

— Bon, je tire. Toute façon, j'aime pas les cyclistes. Ce sont des terroristes. Y a qu'à voir le nombre de piétons qui se font renverser.

— N'ont qu'à faire attention.

— T'as des enfants ?

— Non.

— Dommage. J'aurais aimé faire plaisir à quelqu'un. Ça doit pas être un cadeau d'avoir un père comme toi, hein ! Bon, allez, je tire quand même. Toute façon, un coureur sans son vélo, c'est comme un unijambiste. Ça sert plus à rien.

Elle visa entre les deux yeux.

50

Y a parfois une morale dans cette peau de vache de vie et c'est pas toujours les plus malins qui s'en sortent... Ce fut le cas pour Ding Dong, prédestiné à se scratcher en plein vol comme une mite boiteuse sur la carlingue d'un Boeing.

Contrairement à ses frangins qui avaient choisi l'exode, il avait préféré rester dans son pays, pas loin de chez maman, histoire de lui montrer que lui au moins, il était courageux et méritait donc d'être enfin aimé plus que les deux autres crétins. Chouchou un jour, chouchou pour toujours. Étape suivante, il allait se faire tatouer « J'aime maman » sur son biceps gauche. Mais Bertine, trop contente d'être enfin débarrassée de son encombrante marmaille qui vivait à ses crochets, n'a pas donné suite à la bafouille pleine de fautes d'orthographe de l'enfant prodige. Fallait surtout pas qu'il revienne, *casse-toi, gamin, je t'ai assez vu.* L'amour maternel n'est pas donné à tout le monde. Bertine Pignet avait accouché comme on éternue, en tentant vainement de chasser les microbes qui s'étaient accrochés au bastingage. Après, elle avait passé sa vie à se moucher pour oublier.

Quelque peu déçu, mais restant avec le doute que sa

mère n'avait jamais reçu sa lettre, à cause de ces enfoirés de la poste, Ding Dong avait décidé de se trouver un petit boulot dans la ville la plus proche. Et il avait été embauché pour endosser une tenue de squelette dans un train fantôme et faire « Hou ! Hou ! » à chaque passage de ploucs dans le chariot de l'horreur. *Orfeu Negro*[1] version gros bâtard.

Qui aurait pensé rechercher un kidnappeur dans un train fantôme ? D'autant que Jean-Claude Van Damme, grand seigneur, avait décidé de ne pas porter plainte.

Mais ça, Ding Dong Pignet l'ignorait. Raison pour laquelle il vivait toujours dans la crainte et longeait les murs quand il allait au boulot ou en revenait. La capuche baissée sur les yeux cachés par des lunettes de soleil, accessoire indispensable aux stars, aux timides et à ceux qui ont un cafard dans leur placard, la terreur du train fantôme se racrapotait façon pleurotes cuits à feu vif dans une poêle, dès qu'elle sortait du train. Mais quand Ding Dong enfilait son costume, là il se lâchait et poussait des cris épouvantables dont un qui fut fatal à un vieux client qui mourut d'une crise cardiaque.

L'affaire fut classée sans que les hurlements de Ding Dong fussent mis en cause, et le pépé fut déclaré mort à cause des sensations fortes déconseillées dans son cas. N'avait qu'à lire la pancarte : INTERDIT AUX CARDIAQUES.

Ding Dong put donc continuer à beugler sa rage en toute impunité et avec la bénédiction du patron qui s'en mettait plein les poches (sinon, c'est pas un vrai patron).

Le cadet des Pignet ne revit jamais sa mère et se fit tatouer « *mother forever* » – le tatoueur l'avait persuadé

1. Superbe film de Marcel Camus, qui se passe à Rio de Janeiro pendant le carnaval. Palme d'or à Cannes en 1959.

que c'était plus *hype* en anglais –, un mot sur chaque fesse, comme ça, il pouvait s'asseoir dessus. Ce qui, en soi, constituait une thérapie bien plus efficace et moins chère que toutes les visites chez les psys.

51

— Ne tirez pas ! supplia Félix. J'ai un scoop pour vous.

Imperturbable, Mémé Cornemuse gardait son flingue pointé sur la tempe de son passager.

— J'dirai rien tant que vous n'aurez pas baissé votre arme…

— C'est quoi, votre scoop ? grogna-t-elle.

— Ça concerne Jean-Claude.

— Bon…

Elle baissa son pétard qu'elle pointa un peu plus bas, sur les breloques de famille.

— Rangez votre bazar, sinon, j'cause pas.

Elle soupira et posa le flingue sur ses genoux avec une main dessus, prête à dégainer au cas où le coureur aurait envie de faire un sprint.

— JCVD sera bientôt au Festival de Cannes.

— Ah oué ? C'est sûr, ça ?

— Absoluut[1] !

Elle remit un petit coup de gaz et grilla un feu rouge, évitant de justesse un camion qui freina sec et se retrouva dans le fossé.

---

1. Absolument.

— C'est incroyable quand même, ricana la vieille, les gens ne savent pas conduire ! Z'avez vu ça ?

— Le feu était rouge.

— Et alors ? Faut laisser passer les voitures de flics. J'avais mis mon gyrophare. On est en cas d'urgence. Si l'avion de Jean-Claude décolle, c'est la catastrophe ! Il est pas au courant que je veux un diamant pour ma bague de fiançailles. À propos, tu sais qu'en Suisse, pour vingt mille euros, ils te transforment les cendres des morts en diamant ! Et si tu as eu des amants, tu peux porter des bagues à chaque doigt…

— C'est bizarre, fit Félix qui ne se voyait pas avec Bertine en poudre insérée dans un brillant ornant son majeur.

— Moi je préférerais une boule en verre avec du sperme dedans. C'est plus classe.

— Assurément, agréa Félix qui n'avait plus envie de la contrarier, vu que sa logique lui échappait totalement.

La vieille se radoucit. Elle aimait les gens qui approuvaient ses idées. C'était une preuve d'intelligence.

— Je vais te laisser la bagnole quand on sera arrivés. J'en aurai plus l'usage. Puis j'aime pas la couleur. Le blanc, ça fait hôpital, c'est déprimant.

— Elle n'est pas à vous, elle est aux flics.

— Et qui c'est qui paie la police, hein ? Les contribuables. Donc nous. Donc, cette voiture est à moi et je te la donne, gamin. Qu'est-ce qu'on dit ?

— Je préfère le vélo, ça pollue moins.

— Je vois… Toi t'es du genre à bouffer du boulgour et à te beurrer la gueule avec des tisanes bio.

— Non, rétorqua Félix, je ne bois que du kéfir.

— C'est quoi, ça ?

Il extirpa une bouteille de sa besace et la lui tendit.

Elle ajusta ses lunettes et se mit à lire tout haut, oubliant de regarder la route.

— C'est dangereux ce que vous faites, s'insurgea le cycliste.

— Non, pas besoin de voir où je vais, c'est tout droit. « Cette boisson énergétique est fabriquée dans la joie. Les bulles sont vivantes, parfois sages, parfois turbulentes. Ne la secouez pas ou elle se vengera ! » Ben mon vieux ! Tu risques pas d'attraper des morpions avec ça...

— Pourquoi ?

— Parce que tu ne trouveras jamais une nana pour baiser avec un mec qui boit ça.

— Faut pas avoir de jugements hâtifs, rétorqua Félix qui pensait aux gros nibards de Bertine. Quoi qu'il en soit, j'veux pas de votre bagnole, ça contribue à augmenter l'effet de serre.

— Ben t'as qu'à la revendre et acheter un vélo avec. Mais je te conseille de garder le gyrophare et de te le coller au croupion pour plus te faire renverser.

Dix minutes plus tard, les pneus de la voiture grinçaient sur le tarmac devant l'aéroport d'Ostende.

La vieille se précipita vers un gars en uniforme et lui demanda si l'avion de Jean-Claude Van Damme avait déjà décollé.

— Oui, madame, il y a cinq minutes.

— Potfermille ! Il reviendra comme un boomerang transi quand il aura compris la boulette qu'il a faite en me quittant.

Le gars la regarda avec des yeux en forme de hublots, du genre j'ai vu surfer Superman sur la carlingue.

Quand Cornemuse voulut retourner vers la bagnole,

elle vit qu'elle avait disparu. Félix n'avait pas attendu son reste pour prendre la poudre d'escampette.

Y a des gens malhonnêtes quand même... Et elle en conclut qu'il ne fallait pas se fier aux buveurs de kéfir. C'est suspect.

52

Félix ne roula pas longtemps. Un bruit de sirène l'obligea à s'arrêter sur le côté. Il était suivi par une armada de flics qui lui sautèrent dessus, mains en l'air, tronche écrabouillée sur le capot, on ne rigole pas avec la police.

Tout penaud, le cycliste tenta d'expliquer ce qui lui était arrivé, mais personne ne l'écoutait.

Il fut emmené au poste de police de Bruges où il rumina sa colère.

Il eut beau raconter qu'une folle l'avait renversé alors qu'il pédalait tranquillement sur la piste cyclable, personne ne le crut car après reconstitution de la « scène de crime », le vélo ne fut pas retrouvé. Or une thèse sans preuve est totalement réfutable, d'après le code 14 du règlement page 843 consacré aux passionnés de la pédale.

Le policier à qui la vieille avait piqué la bagnole s'était bien gardé de dire la vérité ! Il ne tenait pas à devenir la risée de tout le commissariat. Ce fut donc Félix qui écopa de la sentence – lourde – car il est plus criminel de chouraver une cage de poulets que de bouter des sans-papiers dehors.

Le jour où le crime paiera, on sera tous riches.

53

Mémé Cornemuse fit du stop jusqu'à Bruxelles où elle avait l'intention de passer un petit séjour afin d'aller ratiboiser les boutiques de mode de l'avenue Louise, munie de sa pince à couper les antivols. Ça et un décapsuleur constituaient ses instruments de survie. Scout toujours !

C'est ainsi qu'elle déboula au hasard de ses pérégrinations à La Gougoutte à Pépé, un kaberdoech[1] bruxellois, situé à Ixelles, et qui était devenu célèbre depuis que le Grand Jojo et Jean-Luc Fonck, deux Belges bien squettés[2] déguisés en travelos, avaient tourné un clip intitulé : « Ouille, ouille, ouille, on est pleins comme une andouille ». Une chanson à texte.

Cornemuse prit quelques bitures mémorables, claironnant à qui voulait l'entendre que JCVD l'avait engagée pour son prochain film et qu'elle allait l'épouser. Là-dessus, les clients buvaient un coup suivi de quelques autres et remets-m'en une, non c'est pour moi, la der des ders, ah non, Marcel, tu vas pas refuser ma tournée sinon j'te cause plus.

---

1. Café.
2. Dingos, perchés.

Quand elle émergeait, Cornemuse faisait sa virée des boutiques, munie de sa pince magique, et crac ! ressortait d'une cabine avec la robe Cardin dans son cabas. Il ne lui manquait plus qu'une veste à franges style country, très tendance, « vu sur le podium » d'après William, l'icône des QI passés au broyeur de la mode.

C'est là qu'elle se fit coincer. Fouille dans les règles par un cerbère baraqué qui ressemblait à Louis Armstrong, ça, c'était pas pour lui déplaire.

— Dis, fieu, tu connais la chanson « Laisse mes mains sur ton manche » ?

Mais le gars n'avait pas du tout envie de plaisanter. Par contre, pas un instant il ne pensa que la vieille pouvait être dangereuse...

Voyant que le grand Black n'était pas axé sur la gaudriole, elle sortit son flingue de sa culotte et le lui braqua sur le pif.

Il ne faut jamais sous-estimer l'adversaire... Encore moins si c'est une petite vieille qui a l'air à côté de ses pompes. Souvent, les semelles sont aérodynamiques !

— Laisse-moi partir ou je t'éclate le blaze ! Ça va encore donner de l'eau au moulin de la ligue antiraciste. Et si tu me touches, je crie au viol et ça fera des voix pour la droite. Alors, hein ? On fait quoi ?

— Bon, allez, fichez-moi le camp, mais ne revenez plus jamais ici !

— Ça risque pas. Je m'en vais vivre à Los Angeles avec Jean-Claude.

— C'est ça, bon débarras.

Tout en tenant toujours son flingue, Mémé Cornemuse récupéra la veste à Davy Crockett et la fourra dans son cabas sous le regard ahuri du gars de la sécurité.

— Pas question que vous partiez avec la veste ! Non mais quoi encore ? Je suis déjà bien gentil de…

— Ta gueule, fit-elle en ôtant la sécurité du flingue.

Au moment où il voulut lui sauter dessus, elle lui envoya un coup de pied magistral dans les mandibules.

Merci, Jean-Claude. L'armoire à glace était K.-O.

Et elle sortit avec sa veste de cow-boy.

54

Mémé Cornemuse sur la Croisette ! Sharon Stone et Nicole Kidman n'avaient qu'à bien se tenir…

Le grand jour était arrivé ! La vieille était parée pour voler la vedette à toutes les stars de Cannes qui allaient faire pâle figure à côté d'elle. Elle avait même réussi à piquer un chapeau de cow-boy assorti à sa veste made in Far West, dans une boutique pour touristes près du vieux port. Calamity Jane version Weissmuller (et pas Westwood) tout droit échappée de la jungle en leggings panthère. Un étrange mélange de saveur des Savanes avec la démarche de Lucky Luke dont la mère a accouché sur un tonneau. Cigare au bec et sac Vuitton, taxé à une pétasse qui l'avait laissé traîner près du bar, elle avançait cahin-caha vers le Palais des festivals, chargée de quelques whiskys dans le coco.

La foule se massait déjà autour du bâtiment. Certains étaient là depuis l'aube pour pas rater le mollet de Monica Bellucci ou le bout de nichon de Sophie Marceau.

Cornemuse avait pris des provisions et glissé une bouteille de pinard dans son cabas chicos. Faut faire gaffe à ne pas se déshydrater avec cette chaleur.

La foule se mit soudain à hurler. DiCaprio venait d'arriver en limousine. Cornemuse ne le trouvait pas assez viril. Dans quelques années, il serait bon à passer à la casserole. Là, il pouvait juste servir d'amuse-gueule. Puis ce fut au tour de Michelle Pfeiffer. Belle plante, mais Mémé Cornemuse se trouvait plus sexy. Quand elle vit Malkovich, la vieille poussa des cris d'allégresse. Ah, celui-là, elle en aurait bien fait son quatre-heures et même son souper ! Il avait un charme fou. Mais bon, elle n'allait quand même pas tromper Jean-Claude à la veille de leur mariage ! Ça ne se fait pas. Elle devait attendre un peu. Au moins jusqu'après le voyage de noces…

Et là, soudain, son cœur se mit à battre la chamade. JCVD, beau comme le prince de Cendrillon dans son petit costume Cerruti blue lagoon, rehaussé d'une chemise rose pâle, surgit de sa Cadillac, telle Marilyn du gâteau d'anniversaire de Kennedy (ou, moins bien, comme Carla du baba aux roms de Sarko).

Ni une ni deux, Mémé Cornemuse fendit la foule, façon missile envoyé par les Russes pour détruire la planète. Rien ni personne ne lui résista. Ni les badauds, ni les barrières de sécurité, ni les cerbères habillés en croque-morts qui se croyaient dans un film de James Bond. Cette tornade-là, personne ne la vit arriver…

Jean-Claude était déjà au sommet de l'escalier quand elle déboula en hurlant comme une malade :

— Chouke, attends-moi !

Dans sa précipitation, elle enjamba deux marches d'un coup et… se prit le pied dans le tapis rouge.

Fin des haricots.

Enfin, pas vraiment, puisqu'il y a un bon Dieu pour les pétés. Dans sa chute, la vieille tomba aux pieds de George Clooney qui, grand seigneur, se pencha pour l'aider à se relever. Reconnaissant la star qu'elle trouvait à son goût, elle se cramponna à son bras pire qu'une tique. Après tout, elle n'était pas encore mariée et donc il n'y aurait pas de péché si elle s'autorisait une petite incartade. D'ailleurs Jean-Claude, qui n'avait rien vu à cause de ses lunettes noires, était déjà entré dans la salle. Tant pis pour lui.

Cornemuse en fit des tonnes et des paquets, pavanant à la manière des divas, au bras de son sauveur. Profitant de son désarroi, elle lui roula une pelle qui le laissa pantois.

Et clac ! Clac ! Les photographes s'en donnaient à cœur joie.

Au pied des marches, Laetitia Casta avait beau faire des effets de plumes avec son décolleté affriolant, personne ne la regardait ! La foule n'avait d'yeux que pour le nouveau couple Nespresso.

What else ?

Bon, elle aurait préféré qu'il fasse de la pub pour du pinard, mais si tu demandes la lune, tu finis par te retrouver avec un camembert.

Était-ce le baiser ? Le trop-plein de whisky ou les conséquences de la chute ? Toujours est-il que Mémé Cornemuse tomba dans les pommes, ou plutôt dans les patates puisqu'elle est belge.

Puis ce fut le trou noir.

55

Un ange avec la tête de Johnny Depp voltigeait autour de Mémé Cornemuse, qui dansait à poil au milieu d'un champ rempli de champis hallucinogènes. Des papillons roses et des pétales de fleur à carreaux écossais pleuvaient sur la campagne. Au loin, la montagne majestueuse semblait protéger tout ce petit monde enchanté. Cornemuse se sentit soudain attirée par l'appel des cimes et elle étendit les bras, qui se transformèrent en ailes d'avion à réaction. Vroum ! Vroum ! Elle s'envola… et vit tout en bas Julie Andrews avec sa guitare, qui chantait « The Sound of Music », tandis que Christopher Plummer courait vers elle avec une quéquette en forme de cactus. Arrivé près de sa dulcinée, il arracha une épine qu'il lui tendit. Elle la prit délicatement et se cura les dents avec. Fin de la love story.

— Madame Cornemuse !

Johnny lui secouait le bras. Avait-elle atteint les sommets enneigés de l'Himalaya ?

La vieille ouvrit un œil et constata que Johnny avait une blouse d'infirmier. *Bizarre…*

— J'suis au paradis ? balbutia-t-elle.

— Non, madame, vous êtes à l'hôpital. Vous avez

eu une commotion en tombant des marches du Palais à Cannes…

— Allez vous donc ! Z'avaient qu'à bien attacher leur tapis. C'est de leur faute. Je vais porter plainte. Bon, fit-elle en voulant se relever, je me tire d'ici, j'aime pas les mouroirs.

— Vous ne pouvez pas, vous avez un pied cassé et…

— Et alors ? Il me reste l'autre, non ?

— Madame, soyez raisonnable, on va vous soigner.

— Et ça va durer longtemps, ce cinéma ? grogna-t-elle.

— Le temps que ça se ressoude. On fera au mieux.

— C'est une promesse de Gaston.

— Pardon ?

— Elle veut dire « une promesse de Gascon », expliqua la vieille dame couchée dans le lit d'à côté.

— De quoi elle se mêle, celle-là ? s'indigna Cornemuse qui avait horreur qu'on la corrige.

— Bon, décréta l'infirmier, recouchez-vous, on va vous emmener au bloc pour vous mettre un plâtre.

— Je veux un rose fluo.

— On verra ce qu'on peut faire.

Et zou ! Cornemuse passa au Brico des éclopés et en ressortit avec un pied emballé dans du plâtre rose pétant, genre « total look à la Nabila ».

De retour dans sa chambre, elle eut la surprise de découvrir un énorme bouquet de fleurs, plus gros que sa table de nuit !

— C'est quoi, ces merdouilles ? J'ai horreur des fleurs, ça prend de la place, faut leur donner à boire et après ça, t'as les pétales qui tombent partout, c'est dégueulasse.

Une armada d'infirmières déboula dans la chambre. Elles étaient toutes excitées comme des puces.

— Regardez qui vous a envoyé ces belles fleurs !

— Un crétin qui aurait pu m'envoyer du pinard à la place, rumina Cornemuse.

L'une d'elles s'élança vers le bouquet, attrapa l'enveloppe blanche attachée à un lis par un ruban rouge et lut tout haut : « Bon rétablissement ! George Clooney. »

— Waouh ! s'écria Mémé Cornemuse. Ça, c'est classe ! Quel gentleman, ce George. Et quel beau bloembouquet[1] ! J'adôôôre ! Mais bon, marmonna-t-elle, j'aurais quand même préféré à boire.

— Vous voulez du jus d'orange ? proposa une des infirmières.

— Avec quoi tu viens, toi ? J'ai une tête à boire des fruits essorés ? Z'avez pas du whisky ici ?

— Euh, non, c'est interdit.

— Pff… Quel taudis ! Je vais pas rester longtemps dans cette auberge.

— Madame, vous ne pouvez pas poser votre pied par terre avant trois semaines, décréta l'infirmière en chef, vu votre âge, avec l'ostéoporose…

Cornemuse lui lança un regard assassin. Elle détestait les gens qui donnent des ordres et celui ou celle à qui elle allait un jour obéir était mort-né.

Elle attendit la nuit pour préparer son évasion. Mais quand elle posa son pied par terre, elle ressentit une telle douleur qu'elle décida d'attendre un peu.

Après tout, elle était logée et nourrie, aux frais de qui en fait ? Elle n'avait ni mutuelle ni fric sur elle. Et le pognon qui se trouvait dans le sac qu'elle avait piqué dans le bar à Cannes, elle l'avait claqué au Casino.

---

1. Bouquet de fleurs.

Le lendemain matin, le médecin lui apprit que tous ses frais étaient pris en charge par George Clooney.

Quel brave homme, ce George, quel prince, quel seigneur ! Une belle âme. Cornemuse avait lu qu'il aimait les cochons. Elle aussi. Ils avaient un point commun.

56

Douce nuit, sainte nuit… Tu parles ! Une nuit de merde qu'elle avait passée, Cornemuse, avec la vieille d'en face qui ronflait comme une chaudière à mazout qui n'avait plus été nettoyée depuis la guerre de 14.

Elle demanda qu'on la change de chambre. Pas elle, la ronfleuse. Pas de raison que ce soit elle qui doive bouger puisque c'était sa voisine qui faisait du bruit. On lui répondit qu'il n'y avait pas de place ailleurs, que toutes les chambres étaient occupées.

— M'en fous, z'avez qu'à mettre son plumard dans le couloir.

— Mais, madame, on ne peut pas faire ça ! En plus, elle est reliée à tous les appareils ; on ne peut pas la bouger, ça pourrait lui être fatal. Vous devez comprendre ça quand même !

— Oui, oui. Pas grave…, fit-elle, soudain conciliante.

Elle venait d'avoir une idée lumineuse, du genre halogène à allumage instantané.

La nuit venue, sa voisine se mit de nouveau à scier du bois pour Bambi et toute sa famille. Mémé Cornemuse se redressa, posa délicatement son pied par terre, constata que c'était déjà moins douloureux, et se traîna vers le lit de la bûcheronne. Et elle débrancha les appareils.

Puis elle se recoucha tranquillement, l'âme en paix.

Son moment de béatitude fut de courte durée... Alertée par l'alarme, l'infirmière de garde surgit dans la chambre comme un pet sur une toile cirée.

Cornemuse fit semblant de dormir tout en observant le manège par la fente du drap. Deux autres infirmières déboulèrent avec un médecin et on s'affaira autour de « la Tronçonneuse », c'est ainsi que Mémé Cornemuse l'avait surnommée. On tenta en vain de réanimer la patiente qui fut ensuite emmenée en salle d'urgence. Trop tard !

La vieille put s'endormir enfin en toute quiétude. Bonne nuit, les petits...

57

Mémé Cornemuse avait tenté plusieurs évasions, mais qui s'étaient chaque fois soldées par un échec, vu qu'elle ne pouvait se déplacer qu'en fauteuil roulant avec son plâtre encombrant. Fonçant comme une dingue dans les couloirs, elle avait renversé plusieurs personnes qui s'étaient retrouvées aux urgences, sans compter ses nombreux larcins : elle avait subtilisé des substances euphorisantes dans la pharmacie et les revendait à prix d'or à certains patients... Quand l'infirmière en chef finit par découvrir le pot aux roses, Cornemuse mit le feu à son matelas, histoire de montrer son mécontentement. Sans compter que chaque nuit, elle chantait à tue-tête tout le répertoire d'Annie Cordy...

On envoya donc la vieille bique au home Les Joyeuses Clochettes à Pandore. Retour au pays des rêves.

Certes, elle n'avait pas pu atteindre son paradis à elle, Hollywood ! La boîte à malices de tout le cinéma, celle de ses fantasmes... mais qu'importe, le pays des rêves est celui qu'on porte en soi.

Là, elle raconta sa vie... Qu'elle avait épousé un flic travelo, qu'elle s'était envoyée en l'air avec un serial killer, qu'elle avait concocté un casse dans la cave de l'immeuble où elle était concierge… et surtout qu'elle allait épouser Jean-Claude Van Damme.

Tout cela était vrai. Mais personne ne la crut.

Le personnel pensa qu'elle perdait la boule et, devant tant d'incohérence, décida de la transférer chez les toqués.

C'est ainsi que Mémé Cornemuse se retrouva dans un asile de mabouls où elle raconta les mêmes histoires, avec ce locataire dont on avait retrouvé le zizi planté dans un camembert, et puis qu'elle avait tué le bon Dieu et kidnappé Jean-Claude Van Damme qui allait bien finir par l'épouser. D'ailleurs, il allait venir la chercher pour l'emmener à Hollywood.

Et là, tout le monde la crut.

Comme quoi, faut pas se fier aux apparences. Les fous ne sont pas toujours ceux qu'on pense…

Remerciements

Je remercie tout particulièrement mon éditeur, Belfond, mon éditrice, Juliette Joste, et toute l'équipe Belfond.

Aussi mon ami et agent littéraire Patrick Leimgruber.

Mon homme, Patrick Serrigny.

Mes fils, toujours, parce qu'ils me tiennent au goût du jour…

Cyril Cannizzo et Fanny, mes « agents agitateurs ».

Mes amis, mes lecteurs, ainsi que les représentants et les libraires qui prennent soin de ma vieille bique.

Et Gérard Collard forever !

Toutes les phrases de JCVD en italique sont de lui. Voir *Parlez-vous le Jean-Claude*, aux éditions Hors Collection.

(Et, pour répondre aux questions des journalistes, ben oui, je l'aime bien. Il est belge, quoi…)

Éditions Belfond
12, avenue d'Italie, 75013 Paris.
Pour le Canada,
Interforum Canada, Inc.
1055, bd René-Lévesque-Est
Bureau 1100,
Montréal, Québec, H2L 4S5.

ISBN : 978-2-7144-5655-7

Cet ouvrage a été imprimé par
CPI Firmin Didot à Mesnil-sur-l'Estrée
en janvier 2014

Dépôt légal : février 2014
N° d'impression : 121321
Imprimé en France